MENS/ONMENS

BAS HEIJNE

MENS/ONMENS

essay

2020 Prometheus Amsterdam

Voor Peter

Eerste druk januari 2020
Tweede druk februari 2020
Derde druk februari 2020
Vierde druk februari 2020
Vijfde druk februari 2020
Zesde druk februari 2020

Omslagontwerp CMRB
Foto auteur Martijn Gijsbertsen
Zetwerk Mat-Zet bv, Huizen
www.uitgeverijprometheus.nl
ISBN 978 90 446 4147 9

‘Ik ben geen filosoof. Ik geloof niet genoeg in de rede om in een systeem te geloven. Waar het mij om gaat, is erachter komen hoe je moet leven. En meer precies, hoe je kunt leven wanneer je niet in God gelooft én niet in de rede.’

Albert Camus (1913-1960) in een interview, 1945.

INHOUD

EERSTE DEEL

WAARHEID EN IDENTITEIT

1

Op 15 april 2019 sta ik 's avonds in Parijs te kijken naar een brandende Notre-Dame. Om mij heen geluidloze opwinding, een onvoorstelbare ramp. Mobieltjes worden omhooggehouden. Hier en daar klinkt aarzelend gefluister.

Ik krijg een sms van een kennis, een jonge Fransman die bij een bank werkt. Hij woont in Châtillon, een van de voorsteden van Parijs. Bij het zien van de beelden van de brandende kathedraal in zijn tijdlijn, typt hij, is hij in tranen uitgebarsten.

Ik zag de spits vallen.

Notre-Dame zit in het Franse hart.

Begrijp je dat?

We staan daar maar een beetje, niemand kan iets doen, terwijl het om ons heen snel donker wordt. Het dak is ingestort, de vlammen laaien hoog op. Verlies kondigt zich van alle kanten aan.

Achter mij wordt zachtjes gezongen. Het is een gebed. Het Weesgegroet. Om mij heen beginnen mensen mee te zingen, zachtjes, fluisterend bijna.

'Sainte Marie, Mère de Dieu, Priez pour nous...'

Het wordt steeds herhaald, een lange bezwering. De gezichten van de mensen om mij heen, het gedeelde verdriet, de gelatenheid, even voel ik me opgetild in een emotie die ik nog niet kende.

Als ik tegen middernacht weer richting huis loop, de geur van verbrand hout in mijn neus, herneemt het leven alweer zijn gewone gang. Parijs wordt weer Parijs. Dronkenlappen slaan gore taal uit. Ik zie hoe een zakkenroller hardhandig wordt gearresteerd door politiemannen in burger. Op terrasjes heffen mensen hun glas.

Ook ik ben weer nuchter. Op de tijdlijn van mijn telefoon zie ik hoogdravende tweets over de verwoesting van de Notre-Dame als een symbool van onze 'vermoeide beschaving'.

Ik scrol langs wilde speculaties, de eerste wijsneuzige theorietjes. Iedereen wil meedoen, zichzelf laten zien, tonen dat hij er het fijne van weet. De werkelijkheid achter de werkelijkheid onthullen, in 140 tekens.

De duistere hints worden afgewisseld met meer hoopvolle berichten. De twee grote torens zijn behouden. Het interieur lijkt grotendeels intact, kunstschatten en relikwieen zijn op tijd veiliggesteld.

De brandweer blijkt helemaal niet traag en onbekwaam, zoals overal werd geroepen; om de Notre-Dame te redden zijn heldendaden verricht. President Macron kondigt een grootscheeps herstel aan. Een Franse biljonair stelt 100 miljoen euro ter beschikking. Een rivaal overbiedt met 120 miljoen.

De kathedraal zal nooit meer hetzelfde zijn. Maar ze leeft.

2

In de dagen erna wordt steeds driftiger geduid en gespeculeerd. Wat is het *echte* verhaal achter de brand, de verborgen waarheid? Wat deed die schimmige figuur op een van de torens vlak vóór het vuur zich verspreidde? Was het een moslim? Waarom geven ze niet toe dat het een moslim was? Alsof een achteloos weggegooide brandende sigaret zo'n inferno zou kunnen veroorzaken! Het vuur is op verschillende plekken *tegelijk* ontstaan! Wat probeert men te verbergen, ons wijs te maken? Onder geen andere Franse president dan de alom gehate Macron – fluisteren Russische trollen ons in – is zo veel criminele nalatigheid mogelijk, zijn de afgelopen tijd zo veel Franse kerken aangevallen...

Toeval? Toeval bestaat niet.

Ook mijn jonge Franse kennis in Châtillon, die moest huilen toen hij de kathedraal had zien branden, vermoedt dat het meer was dan een ongeluk of nalatigheid. Zo veel branden en vernielingen in kerken overal in Frankrijk ineens, daar moet iets achter zitten, dat zie ik toch ook wel?

De brand zelf is niet zomaar een brand, *kan* niet zomaar een brand zijn. Het is een teken, een aankondiging, een symbool. En dan vooral een symbool van dreiging, van zwakte en verval – verval van een land, een cultuur, de gehele westerse wereld. Ook als het niet om een aanslag gaat, is de brand toch een aanslag op iets wat ons dierbaar is, onze beschaving, het geloof, onze cultuur – op wie we zijn of ooit geweest zijn.

In het dagblad *Trouw* verliest priester-schrijver Antoine

Bodar zich in een zwelgende rapsodie van verlies en doem. De Parijse kathedraal, het 'gotische godshuis', is net als alle andere grote kathedralen 'een afspiegeling van de hemel' en de 'veruitwendiging van het onvatbare, als metafysica in glas en steen, als teken wat de mens te boven gaat. Maar ook als verlangen naar een eenvoudiger en nu verloren wereld en als waarschuwing zich beperkingen bewust te worden in het uitzicht op de onherroepelijke dood.'

De brand en gedeeltelijke verwoesting van het 'gotische godshuis' kan dan ook niets anders zijn dan een levensgroot teken aan de wand. De brand is een *mene tekel* voor de afgedwaalde mens. Bodar: 'Al dat samen maakt Notre-Dame van Parijs juist in de haar verwondende vlammen en in haar vernederende broosheid tot groter symbool van een mensheid die God overbodig heeft verklaard.'

Zo gezien is de brand een tragedie in een nog veel grotere tragedie. Niet God heeft de Mens verlaten, in zijn afzichtelijke hoogmoed heeft de Mens God opzijgeschoven.

Tegelijkertijd barst een meer prozaïsch debat los over de aanstaande restauratie: wat is de 'oorspronkelijke staat' van de kathedraal? Wat is authentiek? Moet dit gotische meesterwerk nauwgezet gerestaureerd worden, inclusief de in de negentiende eeuw toegevoegde *flèche*, de spits?

Nu gaat het er niet om wat de brand betekent, maar wat de kathedraal zelf betekent. Voor ons, nu. In de negentiende eeuw durfde men kind van zijn tijd te zijn. Durven wij dat op onze beurt ook? De vele half serieuze voorstellen tot restauratie die in de dagen na de brand tot internetmemes worden, afkomstig van ontwerpbureaus en creatieve grappenmakers, zijn de katholieke *Schöngeist* Bodar een gruwel:

een openluchtzwembad, een parkeerplaats, een gigantische McDonald's.

Andere zijn spiritueel bedoeld, maar dan zonder God: een reusachtige kas vol bomen en planten, als uitdrukking van ons geloof in natuur en milieu. De bijenkorven op het dak van de Notre-Dame, die de brand op een miraculeuze wijze hebben doorstaan, zullen opnieuw onderdak krijgen in een moderne, 'duurzame' spits.

Zulke voorstellen, spontaan of doordacht, artistiek of commercieel, jolig of serieus, worden vrijwel meteen gevolgd door een strenge waarschuwing van de Franse Senaat en van meer dan 1100 kunsthistorici, bouwkundigen en andere wetenschappers, die een open brief aan de regering schrijven en stellen dat de voortvarende plannen tot restauratie veel te haastig zijn.

'Het is Notre-Dame-de-Paris, niet Notre-Dame-de-l'Élysée.'

De oproep van president Macron, meteen na de brand, tot een 'inventieve reconstructie', een 'alliantie tussen traditie en de moderniteit', wordt door een meerderheid van de Senaat keihard afgestopt. De kathedraal moet worden hersteld naar 'de laatste visuele staat' waarin het gebouw verkeerde vóór de brand. Dat betekent dat ook de negentiende-eeuwse toevoegingen *op negentiende-eeuwse wijze* zullen moeten worden gereconstrueerd.

Kortom, wie wij *waren* wordt door de Franse Senaat belangrijker geacht dan wie we nu zijn – of *zouden willen zijn*.

En zo komt de tragedie van de Notre-Dame vrijwel meteen in het licht te staan van twee grote, hedendaagse obsessies: *waarheid* en *identiteit*. Wat is waar, wat wil je dat waar is? Wat geloof je, wie zijn we?

Het zijn obsessies die nauw met elkaar verstrengeld zijn. Soms lijken ze elkaar te versterken, soms zijn ze nauwelijks meer van elkaar te onderscheiden. Dan weer zijn ze elkaars dodelijke opponent.

Het debat rondom de brand in de Notre-Dame is er slechts een symptoom van. Onze obsessies met waarheid en identiteit gaan diep, ze raken het hart van onze samenleving. Ze beheersen de politiek, onze relatie met elkaar, de manier waarop we onszelf en anderen zien.

En nog dieper, ze raken aan wat het betekent om mens te zijn.

Daarover gaat dit essay.

3

In het najaar van 2018 geeft Frans Klein, directeur van de Nederlandse Publieke Omroep, tekst en uitleg aan *de Volkskrant* bij zijn voorgenomen budgetkortingen op zuiver journalistieke programma's, zoals *Tegenlicht*, *Brandpunt+*, *Zembla* en *Andere Tijden*. Verzaakt hij door het beknibbelen op televisiejournalistiek – of door ze door te schuiven naar de late uurtjes – niet een kerntaak van de publieke omroep: het verschaffen van informatie en duiding van de actualiteit?

Klein toont zich *unapologetic*. Er moet gewoon een breder en jonger publiek bereikt worden. 'Weet je wat me opvalt? Journalisten zijn aartsconservatief. Andere programmamakers zijn sneller bereid zich aan te passen, vinden dat een uitdaging. Bij journalisten kom je vaak terecht in discussies.'

Er is meer opmerkelijks aan het interview. Op de vraag waarom het dagelijkse, informatief-journalistieke *EenVandaag* op NPO1 moet plaatsmaken voor een *drama*serie, antwoordt de omroepbaas: 'Het stoort me dat bepaalde journalisten met dedain spreken over drama. Het is dé manier om eigentijdse verhalen te vertellen. [...] Kijk naar de serie *House of Cards*, over machinaties in de Amerikaanse politiek. Via *Nieuwsuur* zouden nooit zoveel mensen daarmee in aanraking zijn gekomen.'

Wil je weten wat in onze cultuur beweegt, dan heb je aan dat interview met Klein genoeg. In alles wat hij zegt, klinkt de tijdgeest door.

Ten eerste: de notie dat traditionele, *feitelijke* journalistiek niet meer van deze tijd is. Ten tweede: nieuwsgaring en -duiding zijn in handen van een elitair kliekje dat het zo mogelijk nóg beter met zichzelf heeft getroffen dan Klein zelf. Een zelfgenoegzame enclave, wat het vak betreft aartsconservatief bovendien. Mensen met wie je voor je het weet terechtkomt 'in discussies'.

En ten slotte, wat mij betreft het belangrijkst: een *gedramatiseerde* werkelijkheid brengt ons dichter bij de wereld om ons heen dan *feitelijke* verslaggeving. Emotionele betrokkenheid en vereenzelviging gaan boven beschouwende inzichtelijkheid.

Afstand is niet goed. Drama gaat boven beschouwing.
Feiten moeten *beleefd* worden.

4

Wanneer het gaat over onze zogenaamde *post-truth*-samenleving, die zou worden beheerst door nepnieuws en 'alternatieve feiten', wordt meestal volautomatisch naar politieke boosdoeners als Trump, Poetin, Johnson, Farage, Orbán en Erdoğan verwezen. Met afschuw en ontzetting worden de cynische trucs beschreven waarmee dit slag politici de feiten verdraait, tegen beter weten in de waarheid glashard ontkent, onbeschaamd de vooroordelen van hun electoraat bevestigt en zo het geloof in een gedeelde, controleerbare waarheid onderuithaalt. Waarbij ze geholpen worden door verfijnde, nieuwe technologie die in staat is een vloedgolf van desinformatie over ons te laten komen, zodat het onderscheid tussen feit en fictie almaar vager wordt.

Maar het gesprekje met een onbeduidende Nederlandse omroepbaas laat zien hoe wijdverbreid de notie is dat fictie ons meer te zeggen heeft dan de 'feiten'. Voorheen zou een goede dramaserie als vermaak worden gezien. Of, vooruit, een *heel* goede dramaserie als kunst. Maar niet als *het betere journalistieke alternatief.*

Het interview met Klein veroorzaakte enige beroering. Beklaagd werd de 'debilisering' van de publieke omroep. Maar verontwaardiging, hoon en spot zullen, vermoed ik, de opvattingen van een man als Klein, en zijn opvolgers, niet doen wankelen. Eerder zal hij zich bevestigd zien: een krimpende groep 'weldenkenden' die er schande van spreekt dat niet alles bij het oude blijft, terwijl een groot deel van de samenleving het allemaal *heel anders* beleeft. Een samenleving waarvan een flink deel ook nog een groeiend wantrouwen koestert tegen de gevestigde journalistiek.

Overal waar onderzoek naar vertrouwen wordt gedaan, scoort het vertrouwen in journalisten belabberd. Ik denk zelf aan de Parijzenaar die me onlangs op een verjaardag van een kennis vroeg waar ik zoal over schreef. Toen het woord 'nepnieuws' viel, het digitale schimmenspel dat door veel machthebbers in het leven wordt geroepen om burgers te manipuleren en tegen elkaar op te zetten, knikte hij instemmend.

Goed onderwerp, vond hij. 'De waarheid vind je tegenwoordig alleen nog maar buiten de officiële media.'

Voor ik iets terug kon zeggen, deed hij er nog een schepje bovenop. 'Eigenlijk alles wat tegenwoordig via traditionele media tot je komt, is gewoon niet waar, bewust gelogen.'

Hij was de zoon van Portugese immigranten, niet hoogopgeleid, werkte zwaar onderbetaald in de Parijse horeca, was niet politiek actief, las geen kranten. Ik had niet de indruk dat hij vaak ging stemmen. De notie dat je de media nooit kunt vertrouwen sprak voor hem vanzelf. Hij ging er blind van uit dat ik er net zo over dacht.

Wat ik nepnieuws noemde, noemde hij de waarheid. En omgekeerd.

Natuurlijk repte de MSM (Main Stream Media) niet over die verdachte figuur op de toren van Notre-Dame, vlak voor het vuur zich verspreidde! Wat had ik dan gedacht?

Het debat over het *post-truth*-tijdperk gaat ogenschijnlijk over wat waar is en wat niet waar is, de strijd tussen feit en fictie, de partij van het verstand en die van de moedwillige of onbewuste onwetendheid. Maar in werkelijkheid zijn het andere, dieperliggende tegenstellingen die dat debat sturen. Het gaat om emotie tegenover ratio, beleving tegenover cijfers, afstand tegenover nabijheid, abstractie tegenover herkenbaarheid, maar ook om 'volk' tegenover 'elite'.

Het gaat om zichtbaarheid tegenover gebrek aan representatie, om 'gezien willen worden', macht en miskenning.

Dat al die tegenstellingen gemakkelijk verward raken, maakt dat het debat over nepnieuws zo oververhit, en tegelijk zo onhelder en ongrijpbaar is geworden. Het gaat allang niet meer om een tendens in de huidige cultuur, aangezwengeld door nieuwe technologie, die iedereen met een smartphone of laptop een stem heeft gegeven. Het gaat om een strijd tegen *het kwaad*, dat ons idee van de waarheid wil vernietigen. Een strijd waarbij iedereen naar elkaar wijst.

Die geest ademt ook *The Death of Truth* (2018), het essay van de Amerikaanse criticus Michiko Kakutani over het afkalven van ons geloof in de waarheid. Hierin betreurt zij het afsterven van het idee van de waarheid zelf. Het gaat vooral over de schurken die dit op hun geweten hebben, zoals Donald Trump en de Russen.

Meteen al haalt zij *The Origins of Totalitarianism* (1951) van Hannah Arendt aan, waarin de filosoof stelt dat totalitaire regimes er bewust op uit zijn het onderscheid tussen feit en fictie op te heffen. Het gaat hun er niet om de waarheid door de leugen te vervangen, het gaat erom het hele idee van het bestaan van de waarheid zelf onderuit te halen, zodat 'niets waar is, en alles mogelijk is'.

Dat de kwade trouw van Trump, Russische trollen en websites als Infowars en Breitbart ruim baan kunnen krijgen, komt volgens Kakutani omdat wijzelf hun bedje hebben gespreid. We zijn door en door narcistisch geworden, aangemoedigd om onszelf als middelpunt van alles te zien (selfiecultuur!). Waar is wat we *voelen* dat waar is – en alles wat die waarheid in twijfel lijkt te trekken zien we als een leugen, of iets wat ons dwarsboomt en zo snel mogelijk uit de weg moet worden geruimd.

Door nieuwe technologie en de opkomst van sociale media heeft een verkaveling van het maatschappelijke debat plaatsgevonden. In plaats van vrije uitwisseling van argumenten is er groepspolarisatie. Vrijwel elke discussie, zeker online, is een discussie tussen doven. Ook hier gaat het meer om het uiten van emotie dan om het verkrijgen van inzicht.

Kakutani is ervan overtuigd dat het postmodernisme, dat de universiteiten zo lang in z'n greep hield, naar de massa is overgeslagen – en van links naar rechts. Linkse academici zijn volgens haar zo ijverig bezig geweest om de 'waarheid' als een constructie te ontmaskeren en de 'structuren' daaronder bloot te leggen, dat ze niet beseften dat ze een monster hebben geschapen.

Dat monster heeft een naam: relativisme.

Kakutani: 'Het relativisme neemt al toe vanaf het begin van de cultuuroorlogen in de jaren zestig. In die tijd werd het omarmd door Nieuw Links, dat erop was gebrand de bevoordeelde aannames in het westerse, burgerlijke, door mannen gedomineerde denken te ontmaskeren; en door academici die het evangelie van het postmodernisme verkondigden, dat beweerde dat er geen universele waarheden zijn, alleen kleinere, persoonlijker waarheden [...] Sindsdien zijn relativistische argumenten gekaapt door populistisch Rechts, onder wie creationisten en klimaatontkenners die erop staan dat hun gezichtspunten onderwezen worden naast "*science-based*" theorieën.'

Het is een onheilige drie-eenheid: relativisme, narcisme en schaamteloze subjectiviteit. Wanneer het idee van waarheid louter nog als een kwestie van perspectief wordt opgevat, dan kan iedereen zijn eigen waarheid maken.

Linkse academici reageren meestal als door een wesp gestoken op zulke kritiek – postmodernisme is *echt* meer dan relativisme. Dat iedere 'waarheid' een construct is, betekent nog niet dat er geen feiten zijn. Eén recensent van Kakutani's essay merkte honend op dat het hem sterk leek dat Trump een Derrida-adept zou zijn.

Vast niet, maar het is een feit dat voor voormalig Trumpfluisteraar Steve Bannon deconstructie en destructie zo ongeveer synoniem zijn. Het 'postmoderne' argument wordt wel degelijk gretig gebruikt door degenen die de waarheid naar hun hand willen zetten.

5

'Er bestaat geen objectieve journalistiek,' zegt de baas van de Russische propagandazender Russia Today tegen de journalist Peter Pomerantsev, die een tijd lang voor Russische media werkte en er een boek over schreef. 'Er is altijd een Russische invalshoek. Neem een banaan. Voor de een is het voedsel. Voor de ander is het een wapen. Voor een racist is het iets waarmee je een zwarte kunt pesten.'

Het gaat niet zozeer om waarheid versus leugen, feit tegenover fictie, de statistiek tegenover de emotie, maar om de cynische exploitatie van het besef dat er vele, misschien wel ontelbare *beleefde* waarheden zijn. Het gaat over de manier waarop we naar de feiten kijken, hoe we ze beleven.

De banaan is er – daar twijfelt niemand aan. Je kunt hem nauwgezet beschrijven, in de taal van de biologie, soort, formaat, substantie, calorieën, enzovoort. Maar dezelfde banaan kan, daar heeft de directeur van Russia Today volkomen gelijk in, voor heel veel mensen veel dingen *betekenen*. Zoals de brand in de Notre-Dame voor zo veel mensen verschillende dingen kan betekenen.

Wát de banaan betekent, is afhankelijk van de situatie waarin die banaan 'beleefd' wordt – als lekkernij, als iets gezonds uit de Schijf van Vijf, als racistisch symbool. Wanneer je die laatste betekenis kwalijk en kwetsend vindt en ertegen in wil gaan, heeft het geen enkele zin met de biologische *feiten* over die banaan aan te komen. Wie ooit een banaan als object van haat naar zich toegeworpen heeft gekregen, zal anders naar de vrucht kijken dan de gezondheidsfreak die hem tot vast ingrediënt van zijn *power breakfast* heeft gemaakt. Hij of zij zal wellicht aarzelen om gezien te worden tijdens het eten van een banaan. De *beleving* van die banaan ongeldig verklaren, de emoties die de banaan oproept, positief of negatief, als onecht of niet rationeel verklaren, of als misplaatst, omdat volgens de wetenschap die banaan geen emoties of connotaties in zich draagt, is naïef – om het aardig te zeggen. De 'feitelijke' banaan heeft hier geen enkele betekenis.

Anders gezegd, de 'objectieve' banaan staat niet tegenover de 'subjectieve' banaan. De 'objectieve', feitelijke beschrijving van de banaan bevindt zich in een ander domein, zonder raakvlak met de denigrerende, kwetsende betekenis van de banaan. Het is op geen enkele manier een afdoende weerlegging van het bestaan van de haatbanaan.

Je kunt ook niet zeggen dat die racistische banaan niet bestaat, een hersenspinsel is, omdat racisme op geen enkele manier wordt ondersteund door feiten. Voor degene die hem gooit en de degene die hem op het voetbalveld naar zich toegeworpen krijgt, is hij reëel genoeg, *reëler zelfs dan de 'biologische' banaan.*

6

Het is dus meestal geen kwestie van een misvatting, die enkel hoeft te worden rechtgezet. Daarom heeft *factchecken*, de feiten inzetten om de leugen te ontmaskeren, zo weinig effect. Daarom ook bleek een onlinecampagne van de Nederlandse overheid ter bestrijding van nepnieuws, die het ministerie van Binnenlandse Zaken in de eerste helft van 2019 opstartte (onder de slogan 'Blijf kritisch!'), weggegooid geld.

Om te kunnen toetsen of de campagne succesvol was, stelden onderzoekers voor en na de campagne aan enkele honderden Nederlanders de vraag of ze 'het vanzelfsprekend vonden om kritisch na te denken'. Vroegen ze zich bij een onlinebericht wel af of het juist was?

Zowel voor als na de campagne vonden negen op de tien Nederlanders dat vanzelfsprekend. Wie verbaast dat? Alsof iemand zichzelf in het tijdperk van de zelfstandige, kritische burger tot een onnadenkende, gemakkelijk te beïnvloeden prooi zou verklaren.

De redactie van *Brandpunt+*, een van de nieuwsprogramma's die door omroepbaas Frans Klein zijn geschrapt, wist met enige moeite de hand te leggen op het onderzoek van het ministerie van Binnenlandse Zaken naar de campagne. Het effect bleek dus nihil. Desondanks verklaarde een woordvoerder van het ministerie dat men de campagne als een succes beschouwde, omdat zes op de tien Nederlanders de spotjes hadden gezien. Ironisch genoeg werd 85.000 euro van het budget besteed aan advertenties op Facebook, het sociale medium dat als de grootste verspreider van nepnieuws geldt.

Wie de banaan als racistisch symbool wil bestrijden, moet racisme als zodanig analyseren en weerspreken – een sociale strijd voeren tegen ongelijkheid, discriminatie, vooroordelen en haat. Hij zal de maatschappelijke context van de haatbanaan moeten veranderen. In die strijd spelen feiten onmiskenbaar een rol, om vooroordelen en nepwetenschap tegen te kunnen spreken.

Maar uiteindelijk komt het aan op *anders* kijken, *anders* leren zien.

7

Maar... heeft omroepbaas Klein dan niet toch gelijk? Als de wereld om ons heen pas werkelijk voor ons wordt wanneer we haar beleven, en betekenis krijgt door *hoe* we haar beleven, is fictie, drama, dan niet inderdaad een veel betere manier om die wereld te leren kennen, omdat we er iets bij voelen en onze verbeelding wordt aangesproken – een veel betere manier dan de afstandelijke feitelijkheid van de journalistiek?

8

Van de Britse filosoof David Hume, die leefde van 1711 tot 1776, kende ik zijn beroemde uitspraak: *Reason is a slave to the passions.* Die wordt vaak aangehaald, meestal om aan te tonen dat de filosofen van de Verlichting heus niet zulke droogkloten waren als vaak wordt beweerd, niet-empathische figuren die de menselijke rede als zaligmakend beschouwden en geen ruimte overlieten voor emotie.

Zoals de Britse filosoof Terry Eagleton in een van zijn essays schrijft: 'Rationaliteit die niet geworteld is in een praktisch, zintuigelijk bestaan schiet niet enkel tekort – ze is niet werkelijk rationeel.'

De denkers van de Verlichting neerzetten als droge rekenmeesters, die dachten dat de rede ons voorgoed zou verlossen van onze irrationele, dierlijke aanvechtingen, is al vaak genoeg als leugenachtig ontmaskerd – en dan wordt vrijwel altijd dit citaat van Hume aangehaald.

Lange tijd las ik Humes uitspraak ook zo: mensen zijn niet van nature rationeel, dus houd altijd rekening met een zekere mate van onredelijkheid, voor gevoelens die tegenstrijdig en onlogisch zijn – of zelfs afkeurenswaardig. Probeer de mens niet te objectiveren, zie hem niet als een volledig bestuurbaar wezen, anders kom je van een koude kermis thuis.

Een waardevol inzicht. Het is precies zoals ik erover denk. Maar niet zo lang geleden kwam ik erachter dat Hume met zijn uitspraak iets anders bedoelde. Dat komt ervan wanneer je citaten los van hun context leest.

In werkelijkheid wil Hume iets anders zeggen, namelijk dat het verstand, de rede, altijd *getriggerd* wordt door emotie, door iets wat heftig, instinctief beleefd wordt. Een gevoel van noodzaak bijvoorbeeld, van afschuw, schuld, sympathie, onrecht.

Wie bijvoorbeeld de gruwel van de slavernij tot zich door laat dringen, ontwikkelt vandaaruit zijn ideeën over vrijheid en gelijkwaardigheid van zwarte en witte mensen – en niet andersom.

De praktische rede alleen, zegt Hume, is niet voldoende om mensen moreel te motiveren. Het zou een verklaring kunnen zijn voor het feit dat Amerikaanse politici als Thomas Jefferson de ideeën van de Verlichting konden omarmen, en tegelijk slaven konden houden – zij voelden zich niet geroepen hun principes in hun eigen leven tot realiteit te maken, omdat slavernij voor hen kennelijk niet iets was dat tegen hun gevoel van rechtvaardigheid inging.

Het zijn emoties die het menselijke verstand in beweging zetten, tot daadkracht aansporen. De slavernij is niet afgeschaft op basis van wetenschappelijk onderzoek. Het is primair de emotie van onrecht, van gevoeld of meegevoeld lijden en schuldgevoel, die het denken over rechtvaardigheid en gelijkwaardigheid in beweging heeft gezet.

Dat is wat Hume bedoelt wanneer hij zegt dat de rede slaaf van de hartstochten is. Anders gezegd, voor we ergens over gaan nadenken, moet het ons eerst wat kunnen schelen.

9

De meeste Nederlanders die door de onderzoekers in opdracht van het ministerie van Binnenlandse Zaken gevraagd werden naar hun kritisch vermogen, zullen naar eer en geweten geantwoord hebben dat ze wel degelijk kritisch, om niet te zeggen *zeer* kritisch, naar via sociale media verspreide berichten kijken – maar ze zullen *eigen* emoties en vooroordelen niet kritisch tegen het licht gehouden hebben. De jongen die ik ontmoette op de borrel in Parijs beschouwt zichzelf juist als uitermate kritisch, niet als een gewillig slachtoffer van propaganda van de door hem gewantrouwde traditionele media. Wie denkt dat feiten over de opwarming van de aarde een en al manipulatie en bedrog zijn, een *hoax*, zal berichten over de noodzaak van windmolens en de onderbouwing van milieumaatregelen als leugenachtig beschouwen – en zichzelf daardoor bij uitstek als intelligent en verlicht. Wie de Nederlandse overheid als uitermate onbetrouwbaar en manipulatief ziet, en niet de Russische trollen, zal de campagne tegen nepnieuws als een vuige poging zien om onwelgevallige, want *kritische*, opvattingen te weren.

Dat dat kritisch vermogen feiten negeert of ze onbekommerd een geriefelijke draai geeft, verbaast niemand meer. De afgelopen jaren verschijnt iedere week wel een populairwetenschappelijk boek waarin wordt aangetoond hoe weinig rationeel mensen evolutionair gezien zijn, hoe gevoelig we zijn voor argumenten die in ons straatje passen, hoe gemakkelijk we ons laten beïnvloeden en *nudgen*. Niemand zal beweren dat vurig geloof in wat niet of slechts half waar is nieuw is. In die zin leven we niet in het *post-truth*-tijdperk, aangezien we nooit in een tijdperk van de waarheid hebben geleefd.

Wat je wel kunt zeggen is dat de emotie, de *passions* van Hume steeds overheersender zijn geworden en ook steeds geraffineerder kunnen worden bespeeld, waardoor door emotie gekleurde feiten niet langer effectief bevraagd kunnen worden door de rede. De hartstocht die ons prikkelt en ons bewustzijn in beweging zet, leidt dan niet meer tot rationale beschouwing en afweging, en eventueel correctie door feiten die de emotie weerspreken. Met het besef dat een 'objectieve waarheid' niet bestaat, wordt ook het streven die waarheid zo dicht mogelijk te benaderen opgegeven. De rede is zelf dan pas echt tot een slaaf van de hartstocht gemaakt, maar precies omgekeerd dan Hume voor ogen stond. Het is niet langer onze emotie die de rede in beweging zet; de rede bestaat enkel nog om onze emotie te rechtvaardigen.

Beleving is alles.

De parmantige overtuiging van omroepbaas Frans Klein dat dramatische vereenzelviging ons meer over de wereld leert dan afstandelijke feitelijkheid is daar een symptoom van. Feiten die buiten onze emotie staan, zoals bij de traditionele verslaggeving, worden als afstandelijk, abstract, saai of als belerend en betuttelend beschouwd. De rede van de verlichtingsfilosoof Hume heeft dan nauwelijks een functie meer, behalve het *ondersteunen* van subjectieve emoties.

Dat is de ware functie van '*nepnieuws*', als het nog nodig is het te zeggen: het zet verstandige mensen niet op het verkeerde been, het bevestigt slechts noties en gevoelens die je toch al had.

De beleving van de wereld wordt zo één groot *Zie je wel.*

10

Dat mensen de wereld waarin ze leven anders beleven en er dus ook een ander idee van 'de waarheid' op na houden, wordt schaamteloos geëxploiteerd door extreemrechtse ideologen, zoals de Rus Alexandr Doegin. Hij is een denker en agitator die zich jarenlang in de westerse media als Poetin-fluisteraar afficheerde (wat betwijfelbaar is; volgens Ruslandkenners bedient Poetin zich van ideologen naar het hem uitkomt). Tegenwoordig geldt hij als een van de lievelingen van de internationale alt-right beweging.

In een ongemakkelijk gesprek dat ik met hem had voor de documentairereeks *Onbehagen* (VPRO/Human, 2018) verkondigde de zwaar bebaarde filosoof met een twinkeling in zijn ogen dat ieder volk zijn eigen cultuur met zijn eigen waarden bezat. Die waarden verschillen per cultuur, in die zin zijn ze dus relatief.

Wat werkt voor het Westen, werkt nog niet voor Rusland.

Maar *binnen* die eigen cultuur – dat is de paradox – mogen die waarden in geen geval gerelativeerd worden. De subjectiviteit moet collectief beleefd worden, niet individueel. De Russische cultuur zou in de ogen van Doegin lang een organische, homogene cultuur zijn geweest, totdat het westerse liberalisme roet in het eten kwam gooien.

Van universalisme kan in Rusland, volgens hem en zijn

geestverwanten, geen sprake zijn. Mensen zijn niet gelijk. Ze zijn hun afkomst, hun cultuur – en culturen verschillen wezenlijk van elkaar. Het liberalisme, dat uitgaat van een pluriforme samenleving waarin verschillende identiteiten naast elkaar bestaan, is de vijand, het kwaad, een fatale ondermijning van de eigen, homogene cultuur. En in zijn westerse zelfovertuiging dictatoriaal.

Zolang het over culturele waarden gaat, is dat nog te volgen. Voor de huidige Hongaarse premier Viktor Orbán zijn liberalisme en universalisme de aartsvijand van de Hongaars-christelijke cultuur, omdat ze die in zijn ogen willen rationaliseren, wat neerkomt op ondermijnen en vernietigen.

Maar het blijkt nu steeds gemakkelijker het geloof in eigen, unieke waarden door te trekken en er *het recht op een eigen waarheid* van te maken. Het nieuwe nationalisme, dat de erfenis van de Verlichting en het liberalisme expliciet verwerpt, gaat hand in hand met geloof in het primaat van de subjectieve beleving.

Doegin beschouwt bijvoorbeeld de toedracht van de aanslag op lijnvlucht MH17 op 17 juli 2014, waarbij 298 doden vielen, als een kwestie van perspectief. Het idee van een objectieve waarheid is per definitie een leugen, dus doen de feiten er niet meer toe.

'U heeft uw westerse waarheid,' verkondigde hij tegen mij. 'Wij hebben de Russische waarheid.'

En nooit zullen de twee samenvallen, wilde hij maar zeggen. Die Russische waarheid over het neerschieten van de MH17, die in wezen uit verschillende, elkaar tegensprekende versies bestaat, met als enige constante de overtuiging dat de Russen geen blaam treft, werd vroeger gewoon een leugen genoemd.

Een man als Doegin weet dat natuurlijk heel goed. Het postmodernisme wordt door intellectuele ophitsers als hij louter gebruikt als excuus om ongemakkelijke feiten aan het zicht te kunnen onttrekken. Doel is niet zozeer de ene waarheid te vervangen door een andere, maar om de 'officiële waarheid' als een vorm van leugenachtige propaganda te 'ontmaskeren'. De talloze alternatieve waarheden die worden gelanceerd, versterken slechts de emotie tegen de officiële waarheid. Uiteindelijk kan iedereen geloven wat hij wil geloven.

Deze denktrant laat zien hoe gemakkelijk de erkenning dat verschillende groepen mensen er verschillende *waarden* op na houden kan worden doorgetrokken tot de notie dat zij er ook verschillende *waarheden* op mogen na houden. Wat je vindt, is dan wat is. Wat waar is, of het streven naar een objectieve waarheid die zo min mogelijk gekleurd wordt door emoties en belangen, wordt dan ondergeschikt gemaakt aan gepolariseerd groepsdenken en aan identiteit.

Het zoeken naar een objectieve waarheid geldt niet langer als een positieve kracht die ons verder gaat brengen, die onze emoties bedding geeft, en ons richting een gedeelde waarheid stuurt, mogelijk eindigend in consensus, maar juist als een teken van een fataal soort relativisme – omdat het een authentiek gevoelde overtuiging tracht te overstijgen. De rede van Hume die onze emoties moet toetsen geldt dan als verdacht, een bedreiging van eigenheid en authenticiteit.

Het is, kortom, de vijand.

11

Juist geloof in een religieuze of culturele identiteit wordt door verschillende groepen weer driftig nagestreefd, en door Doegin en zijn geestverwanten als noodzakelijk gezien voor een samenleving die opnieuw een (homogene) gemeenschap wil worden. Wil een samenleving tot een gemeenschap worden, dan moet het individu zich schikken in gedeelde, traditionele waarden. Die mogen niet bevraagd worden door de kritische rede. Wil het individu zich onderdompelen in de gemeenschap, dan zal het zijn verstand op nul moeten zetten.

Zo gezien is het streven naar waarheidsvinding de vijand van identiteit. Het argument dat objectiviteit niet bestaat, dat alles een kwestie van perspectief is, kan dan worden gebruikt om degenen die zeggen naar feitelijkheid te streven verdacht te maken, weg te zetten als hypocriet, een verborgen agenda volgend, en zo verder.

Maar dat argument wordt vervolgens niet gebruikt om te pleiten voor méér objectiviteit, betere waarheidsvinding. Integendeel, het wordt gebruikt om het geloof in eigen waarden, religieuze, culturele en groepswaarden onaantastbaar te verklaren, immuun voor onderzoek, boven rationele kritiek verheven. Omdat anderen liegen of hypocriet zijn, hoeven jouw overtuigingen niet langer kritisch tegen het licht gehouden te worden.

De lamentatie van Bodar over de getroffen Notre-Dame is een klaagzang over een wereld waarin geloof op tragische wijze het veld heeft moeten ruimen voor een leeg, zogenaamd rationeel, hoogmoedig mensbeeld. Een gebeurtenis

– een brand in een historisch monument – wordt tot een symbool gemaakt van een wereld waarin geen plaats meer is voor geloof, voor een organisch idee van gemeenschap, waarbij het individu zichzelf opgenomen voelt in een groter geheel.

De aanval op waarheid en feitelijkheid is niet alleen een machtsmiddel van heersers en denkers met totalitaire neigingen, zoals Kakutami in haar essay veronderstelt. Het is ook niet alleen het jammerlijke resultaat van lui postmodernisme, dat iedere waarheid relatief verklaart en in de wetenschap een samenzwering ziet van een witte, patriarchale cultuur om haar macht en dominantie veilig te stellen.

Dat waarheid en identiteit tegenwoordig zo vaak met elkaar botsen, heeft vooral te maken met een dieperliggend conflict, dat wat mij betreft essentieel is: het gevoel dat een feitelijke, wetenschappelijke blik op de wereld die wereld van haar betekenis heeft ontdaan – iets wat alleen door emotie en geloof weer hersteld kan worden. Een geloof dat feiten ondergeschikt aan beleving maakt.

Pas dan vallen waarheid en identiteit weer samen.

Anders gezegd: hoe een banaan *beleefd* wordt, is voor ons vele malen belangrijker dan wat een banaan *is*. Het verlichte, rationele wereldbeeld, met zijn data en statistieken, gaat uit van precies het tegenovergestelde. De objectieve, feitelijke waarheid der dingen is maatgevend in alles, of zou dat moeten zijn. Vandaar dat het in toenemende mate als bedreigend wordt gezien.

Natuurlijk is het denken van Doegin en zijn geestverwanten allesbehalve postmodern. Het is zuiver machiavellistisch. Het gaat om dominantie, om macht. Zij willen ook helemaal niet dat het Westen zijn eigen waarheid koestert, want die 'westerse waarheid' is het *liberalisme*, dat *verschillende* opvattingen over de maatschappij naast elkaar kan laten bestaan. Juist dat liberalisme is voor hen synoniem voor een kwalijk relativisme, omdat het verdeeldheid en politieke strijd als uitgangspunt heeft. Dat mag niet getolereerd worden, omdat het het geloof in een homogene, op religieus-culturele waarden gebaseerde gemeenschap uitsluit.

Het is een dwaalleer, die vernietigd moet worden.

12

Is het idee van de waarheid stervende? De notie dat mensen vroeger rationeel waren en dat er een brede consensus bestond over wat waar was en wat niet, zoals Kakutani stelt, lijkt me een sentimentele illusie.

Toegeven dat jijzelf en jouw partij het mis hebben, is het moeilijkste wat er is. Dat was vroeger niet anders. Denk aan hoelang het duurde voordat *fellowtravellers* de ware aard van het sovjetcommunisme onder ogen konden zien. Denk aan hoelang het duurde voordat helden uit de geschiedenis – Napoleon, Mao, Stalin – van hun sokkel vielen. Toen ik opgroeide was Stalin niet de brute, nietsontziende tiran die we nu voor ogen hebben. In het Rusland van Poetin wordt hij opnieuw omarmd als een vader des vaderlands.

Wat veranderd is, is, denk ik, dat we tegenwoordig zo ontzettend goed weten hoe irrationeel we zijn. We weten steeds beter hoe ons brein werkt, hoe impulsief en emotioneel onze geest kan zijn, hoe gevoelsmatige beleving een scheef beeld van de werkelijkheid kan opleveren.

Vandaar al die boeken over hoe we geneigd zijn dingen verkeerd in te schatten; zoals bijvoorbeeld *The Perils of Perception* (2018) van de Britse onderzoeker Bobby Duffy. Hij ziet onze irrationele manier van denken niet als een jammerlijke dwaling van het pad van de rede – *we are born that way*. Dat we dingen vaak verkeerd interpreteren, stelt Duffy, ligt aan de manier waarop we denken, en niet alleen aan wat anderen ons wijsmaken. 'We kunnen niet alleen de media, sociale media of politici de schuld geven van onze misvattingen.'

Bovendien: onze emoties bepalen deels onze perceptie – en verschaffen ons dus waardevolle aanwijzingen over wat ons zorgen baart, waar we bang voor zijn. Dat is wat Hume bedoelde, toen hij stelde dat de rede de slaaf van onze hartstochten is. Ook al trekken we vaak verkeerde conclusies, stelt Duffy terecht, dan nog is dat geen reden om dat af te doen als achterlijk. Een *factcheck* kan misvattingen corrigeren, maar neemt de oorzaak van onze zorg of angst niet weg.

Kakutani's voorstelling van een partij van de rede die bestookt wordt door krachten die alles op alles zetten om die rationele blik op de wereld te ondermijnen, is dus een karikatuur. Het probleem is juist dat we beter dan ooit beseffen dat de waarheid vele invalshoeken kent, dat het duiden van de werkelijkheid vooral een kwestie van interpretatie is, van onze persoonlijke relatie met de feiten.

Het is te gemakkelijk om postmodernisten daarvan de schuld te geven, zij zijn slechts de boodschappers.

13

We weten veel meer dan vroeger over de wereld, maar juist die niet echt behapbare hoeveelheid informatie zorgt gemakkelijk voor een implosie in je hoofd, waardoor je terugvalt op gemakkelijk te verteren interpretaties van gebeurtenissen, op je persoonlijke beleving.

Wanneer je net een filmpje op je telefoon hebt gezien van iemand die met grof geweld in elkaar wordt geslagen, is het lastig te accepteren dat de misdaadcijfers dalen. Het doet er ook niet toe of het filmpje aan de andere kant van de wereld is opgenomen, of jaren geleden. Jouw emotionele relatie is met het meisje of de jongen die klappen krijgt, niet met de statistieken.

En de emotie gaat vooraf aan de beredeneerde overtuiging. Wanneer je bij het zien van hatelijke uitspraken of geweld in je tijdlijn een humesiaanse impuls voelt om iets aan dat onrecht of dat schandaal te doen, kom je in de knoop wanneer je geconfronteerd wordt met statistieken die jouw gevoel van woede of onrecht lijken te weerspreken of te relativeren. Objectieve feitenkennis en wetenschap zijn niet langer verlengstuk van je emoties, een manier om ze te ordenen en te 'rationaliseren', ze denigreren jouw diepgevoelde aanvechting.

Dus kunnen ze niet kloppen.

14

In een cultuur waarin steeds meer 'direct' wordt ervaren door het beeld – schermen in de publieke ruimte, op je werk, op je televisie, je computer, je horloge, je telefoon – hangt wat je ziet vooral af van *hoe* je het ziet. De Amerikaanse essayist Susan Sontag (1933-2004) was zich als geen ander bewust van de fundamentele dubbelzinnigheid van het beeld – een zogenaamd objectieve weergave van de werkelijkheid, die ons een directe toegang tot die werkelijkheid belooft, een *ervaring*, terwijl het in werkelijkheid slechts om een subjectieve indruk van de werkelijkheid gaat, die ook nog eens vluchtig en oppervlakkig is.

In wat ik als haar belangrijkste boek beschouw, *Over fotografie* (1977), laat Sontag overtuigend zien hoe bepalend juist die dubbelzinnigheid van het beeld voor onze cultuur is geworden. Al heel vroeg zag zij hoe juist de dominantie van het beeld de begrippen waarheid en betekenis uitholde.

Hoe je iets ziet, hangt sterk af van de context waarin je iets ziet.

Sontag: 'Omdat elke foto slechts een fragment is, hangt het emotionele en morele gewicht af van de context waarin hij wordt geplaatst. Een foto verandert naargelang het verband waarin wij hem zien. Smith's foto's van Minamata zullen op een contactafdruk dus anders lijken dan op een tentoonstelling, of bij een politieke demonstratie, of in een politiedossier, of in een fotoblad, of in een nieuwstijdschrift, of in een boek, of in een kamer aan de muur. Elk van deze situaties suggereert een ander gebruik van foto's, maar geen ervan stelt de betekenis ervan zeker. Wat Wittgenstein betoogde voor woorden: dat de betekenis het gebruik *is*, geldt voor elke foto. Op die manier dragen de aanwezigheid en de verspreiding van alle foto's dan ook bij tot de uitholling van het begrip "betekenis", tot het verkavelen van de waarheid in betrekkelijke waarheden, wat door het moderne liberale bewustzijn vanzelfsprekend wordt gevonden.'

Sinds Sontag deze regels schreef, ruim voordat het scherm in onze wereld alomtegenwoordig werd, is het beeld oneindig meer dominant geworden. Net als de banaan van de Russische zenderbaas is alles wat we zien steeds meer contextafhankelijk geworden.

We zien steeds meer, maar we weten steeds minder goed wat we zien.

15

De onzekerheid die daar het gevolg van is, onze onstabiele relatie met de werkelijkheid, valt gemakkelijk te exploiteren.

Een rapport van eind 2018 toont aan dat Russische trollen twijfel proberen te zaaien over het nut van vaccinaties. Emoties die al bestaan worden gevoed met nepnieuws en samenzweringstheorieën. Wantrouwen en agressie zijn het gevolg.

In juli 2019 gaf de directeur van kinderopvang Berend Botje, Alien Alberts, een interview aan *de Volkskrant* naar aanleiding van haar besluit geen niet-gevaccineerde kinderen meer toe te laten. 'Mensen noemden me moordenaar: jij gaat gezonde kinderen met een virus infecteren, jij laat gif in baby's spuiten. Dat soort dingen.'

Voorheen waren het vooral mensen die zich op religieuze gronden tegen inenting van kinderen verzetten, nu is er een grote groep die denkt over wetenschappelijk bewijs te beschikken voor het gevaar van inenting.

Die verschuiving is veelzeggend. In welke gepolariseerde discussie dan ook, of het nu gaat over vaccinatie, klimaatverandering of verschillen tussen mensen of groepen mensen onderling, het magisch-religieus denken heeft plaatsgemaakt voor de taal van de (pseudo)wetenschap. Men slaat elkaar om de oren met cijfers en statistieken en rapporten, haalt de cijfers van de ander onderuit, maar emoties en instinct, angst en verlangen worden nooit *als zodanig* benoemd – ze worden altijd aangekleed met de 'neutrale' taal van de wetenschap.

Het ergste verwijt dat je je tegenstander kunt maken, is dat hij niet rationeel zou zijn, dat hij in de greep verkeert van ongecontroleerde emoties of, erger nog, religieuze aanvechtingen. Klimaathysterie, klimaatreligie – typisch verwijten van deze tijd. Het is *de ander* die niet-rationeel is, die bewust of onbewust feiten negeert of manipuleert. Zoals iedere partij in een verhitte discussie roept dat de ander zich verlaat op nepnieuws, zo is het altijd de ander die zijn argumenten ontleent aan wetenschap die totaal gekleurd is door emotie en verdwazing.

Alien Alberts van Berend Botje: 'Kijk, mensen die vanwege hun geloof denken dat het niet mag, daar heb ik begrip voor. Maar niet voor die anti-vaxxers die je wel eens op tv ziet. Die dan roepen dat je ADHD of een hersentumor kunt krijgen van vaccinaties. Toen dacht ik: ik moet hier wat tegen doen. Ik wil een veilige opvangplek bieden voor onze kinderen.'

Het wantrouwen van de anti-vaxxers wordt geëxploiteerd door politieke populisten, omdat ze het establishment uitdagen. In tweets legt de Amerikaanse president Donald Trump een verband tussen vaccinatie en autisme. In Italië zegden de Lega en de Vijfsterrenbeweging voorafgaand aan de verkiezingen van 2018 steun toe aan anti-vaxxers die zich verzetten tegen de wet die inenting verplicht stelt. Volgens de populist Matteo Salvini, die korte tijd vicepresident van Italië was, zijn tien vaccinaties voor kinderen 'nutteloos en in veel gevallen schadelijk ook, als ze al niet gevaarlijk zijn'.

Wetenschappers die zich ernstige zorgen maken over de daling van het aantal ingeënte kinderen in Italië worden bedreigd. De in Italië bekende hoogleraar Roberto Burioni, hoogleraar in de microbiologie en virologie aan de universiteit van Milaan, reageerde op Twitter op de uitspraken van Salvini: 'Nee, minister Salvini. Tien vaccins zijn niet nutteloos en ook zijn ze niet schadelijk, ze beschermen u, uw kinderen en uw kiezers. Dit is een heel gevaarlijke leugen.'

Tegen de Britse krant *The Independent* verklaarde Burioni later: 'De daling van het aantal inentingen plaatst Italië op het niveau van Namibië en Ghana, dat is gewoon niet acceptabel. Vaccins zijn noodzakelijk voor algemeen welzijn: een hoog aantal inentingen zou betekenen dat zelfs kinderen die niet kunnen worden ingeënt toch geen risico op besmetting lopen. Ik blijf dat overal uitleggen, ook al heeft me dat een hoop bedreigingen en intimidaties van fanatiekelingen opgeleverd.'

Degene die de emotie over vaccinatie als giftige inmenging van de overheid onzinnig en hysterisch vindt, laat het Russische nepnieuws onaangedaan aan zich voorbijgaan. *Hij* maakt zich eerder druk over het bestaan van nepnieuws en de manier waarop populisten pseudowetenschap gebruiken om de paranoia bij de burger te exploiteren voor eigen gewin.

Degenen die wel bang zijn, die zich bedreigd voelen, die wantrouwig zijn, worden bevestigd in hun paranoia.

16

We zien steeds meer, maar we *weten* maar zelden echt iets. Ikzelf weet vrijwel niets uit de eerste hand over de effecten van vaccinaties, of over de opwarming van de aarde, om slechts een paar hete hangijzers te noemen. Ik vertrouw op de wetenschap, op instanties buiten mijzelf. Maar juist dat vertrouwen is nu gemakkelijk te ondermijnen door de suggestie dat die wetenschap ook 'de waarheid' niet in pacht heeft – en gestuurd wordt door verborgen belangen.

Het gebied tussen vertrouwen en weten is tot een *ideologisch* slagveld geworden.

Je ziet het, ironisch genoeg, aan het begrip nepnieuws zelf. Het is een scheldwoord geworden waarmee men elkaar om de oren slaat. Dat Donald Trump reporters van CNN schoffeert op persconferenties met '*You are fake news*', terwijl hij zelf dag in, dag uit in de meest opzichtige leugens grossiert, is een gotspe – maar het slaat aan, omdat men beseft dat ook CNN een agenda heeft, niet 'objectief' is.

Die jongen op de verjaarsborrel in Parijs en ik – allebei hadden we het over 'fake news', maar we bedoelden precies het tegenovergestelde.

De volautomatische verdachtmakingen jegens de gevestigde media als leugenmachine of 'leugenpers' door radicaal rechts zijn een vorm van ordinaire propaganda. Dat is niet nieuw. Wat nieuw is, is dat het zo gemakkelijk geworden is twijfel en tweedracht te zaaien, mensen op te jutten en te sturen. Nieuwe technologie laat je sneller en dieper in iemands hoofd doordringen – en nieuwe kennis over hoe ons brein werkt stelt je beter in staat de geest van een mens te manipuleren.

In *The Perils of Perception* pleit Duffy dan ook voor meer bewustzijn. Wanneer we weten hoezeer we geneigd zijn onze emoties ons idee van de waarheid te laten beïnvloeden, zijn we beter bestand tegen foute aannames. Er is geen reden tot wanhoop, stelt hij, 'we zijn minder slaaf van onze verkeerde manier van denken dan het soms lijkt. We veranderen nog steeds van mening en nog altijd spelen feiten daar een rol bij.'

Dat klinkt hoopvol. Maar om dat bewustzijn te kweken moet je bereid zijn jouw aannames aan feitelijke kritiek te onderwerpen, ruimte te maken in je hoofd voor tegenspraak, voor andere geloofwaardige versies van de werkelijkheid, en je te onderwerpen aan de kennis van mensen die er echt iets van afweten.

Het vraagt ook om betrouwbare journalistiek (die, zeg ik er meteen bij, ook zichzelf weer durft te bekritiseren en te corrigeren, dat is een teken van intellectuele volwassenheid) – en niet om nog meer *House of Cards*.

En behalve een kritische blik op je *eigen* geest heb je een scherp oog nodig voor de strategieën van degenen die onze fragiele relatie met feiten en het idee van de waarheid misbruiken voor hun nietsontziende politieke of commerciële agenda – de verleiders, de stokers, de schaamteloze leugenaars, de intimiderende trollen.

En, vooral, de nieuwe ideologen.

Die laatsten gaat het niet om de waarheid, maar om dominantie, zo nodig ten koste van de waarheid. Hun vijand is dan ook niet enkel 'de waarheid' die ons van bovenaf opgelegd zou worden.

Het is de moderniteit zelf.

TWEEDE DEEL

DE LIBERALE LEEGTE

1

Een paar dagen na de brand in de Notre-Dame belandde ik in Parijs in een demonstratie van de *Gilets Jaunes*, de Gele Hesjes. Het ging er hard aan toe. In de weken ervoor leek de spontane volksopstand weggezakt, maar de nationale ramp van de half verwoeste kathedraal leek hem weer zuurstof gegeven te hebben. Er werd gegooid met stenen, flessen en blikjes, met onbestemde metalen voorwerpen. Af en toe klonk er een harde knal, afgewisseld met het gehuil van sirenes. Rookwolken achter een haag van politiebusjes. De geur van verbrand rubber.

Naast mij zat een man op de stoep uit te blazen. Onwennig richtte hij zijn gegroefde gezicht naar de voorjaarszon. Halverwege de veertig schatte ik hem, er zat grijs in zijn baardje. Hij nam hapjes uit een energiereep, kleine slokjes energydrank. Achter op zijn gele hesje had hij een uitgeprinte tekst geplakt.

De Notre-Dame is haar dak kwijt!!! Nou en???!!! In Frankrijk in de 21e eeuw moeten duizenden mannen, vrouwen en kinderen het zonder doen!!!

De vergelijking ging, vond ik, mank. De Notre-Dame is Frans nationaal erfgoed; de kathedraal staat er voor iedereen, ook voor de man met het gele hesje. Daarbij riekte het naar populistische rancune om over de miljoenen voor de restauratie te klagen. Er gaat altijd wel ergens geld naar dingen dat beter aan jou besteed had kunnen worden. Op dat moment was er zo'n 1 miljard ingezameld voor de restauratie van de Notre-Dame, terwijl de Franse president Macron 12 miljard belastinggeld opzijgezet had om aan de grieven van de Gele Hesjes tegemoet te komen.

Dus, dacht ik.

Maar het knaagde. Ook ik ergerde me aan de manier waarop grote Franse bedrijven elkaar direct na de brand probeerden af te troeven in gulle gaven, met honderden miljoenen tegelijk. Vrijwel meteen daarna begon het gedrein over het recht op belastingaftrek voor giften. Toen dat massaal kritiek opleverde (met zo'n reusachtig belastingvoordeel draait uiteindelijk toch de burger voor de kosten van de restauratie op), zag in ieder geval één bedrijf openlijk af van belastingvoordeel.

Maar het kwaad was al geschied. Wanneer het om een fotogenieke, nationale ramp gaat, is men in de bovenste maatschappelijke laag onmiddellijk bereid zijn portemonnee te trekken. Maar structureel meer bijdragen aan de sociale infrastructuur (of het verhelpen van achterstallig onderhoud aan ander, minder spectaculair erfgoed), door het betalen van belastingen bijvoorbeeld – dat is niet fotogeniek, te weinig sexy, niet *pregnant*. Het levert, kortom, geen aandacht op.

Wie wil goed doen zonder dat het gezien wordt?

En zo kreeg de brand in de Notre-Dame er in de directe nasleep nóg een betekenis bij. Een paar dagen was de gehavende kathedraal het gehoopte symbool van een herwonnen nationale eenheid geweest, maar nu was zij tot een pijnlijk voorbeeld geworden van het selectieve, enkel-voor-de-schijnwerpers-engagement van de elite. De kathedraal was ineens een klassendingetje. Wat bedoeld was als een bijdrage aan herstel van nationale trots, werd door de man in zijn gele hesje opgevat als een fluim vol in zijn gezicht.

Zijn hoon over de Notre-Dame past in een vertrouwde dynamiek: een klasse die woedend is en in opstand komt omdat ze zich niet gezien voelt, veronachtzaamd wordt, te zwaar belast – afgezet tegen een bestuurlijke en zakelijke klasse die er met de welvaart vandoor gaat, ziende blind lijkt en zichzelf boven iedere kritiek verheven voelt.

De afkeer van de elite lijkt inmiddels alomtegenwoordig.

2

Volgens de Britse politicologen Matthew Goodwin en Roger Eatwell, auteurs van *National Populism. The Revolt Against Liberal Democracy* (2018), is elitehaat een van de belangrijkste factoren in het hedendaagse populisme, naast bezorgdheid over verlies van de 'eigen cultuur' en toenemende sociaaleconomische ongelijkheid.

Maar afkeer van de elites vind je niet enkel bij de rechtspopulisten. Hedendaagse elitekritiek kent vele toonaarden, is afkomstig van links en rechts, van onderop en uit de eigen gelederen. Maar ze uit zich in dezelfde toonaarden: de maatschappelijke bovenlaag levert niet, zit in zichzelf opgesloten, dient vooral het eigen belang, weet niet wat er leeft, neemt geen verantwoordelijkheid, is niet in staat tot wezenlijke verandering. Daar lijken de meeste critici het over eens.

Maar die algemeen gedeelde afkeer verhult totaal *verschillende* gezichtspunten over wát er mis is – en wat eraan gedaan moet worden. Daardoor dreigt 'de elite' een vaag containerbegrip te worden voor alles wat je niet bevalt, voor iedereen die het bloed onder je nagels vandaan haalt. Dan gaat het snel alleen over *personen*, over bewindslieden en magistraten of bekende personen die iets vreselijks gezegd of gedaan hebben.

Die vaagheid maakt het ook weer gemakkelijk om wegwerpend te doen over kritiek op 'de elite'. Zoals: hoezo, er zal altijd een elite zijn. Of: er wordt sinds het begin der tijden gescholden op de elite. Of: schelden op de elite is best lekker, maar het is te gemakkelijk – en ook gevaarlijk – om je overal en altijd blindelings tegen het establishment te keren. Schelden op de bestuurlijke elite past in het straatje van populisten, die het wantrouwen tegen alles wat bedaagd en beredeneerd is aanjagen. Je weet niet wat je losmaakt, wat je stuk maakt.

Ook vaak gehoord: zo slecht gaat het helemaal niet. Denk even aan hoe we er pakweg vijftig jaar geleden voorstonden. We hebben het beter dan ooit.

En ten slotte: schelden is gemakkelijk, doe *zelf* ook eens wat.

Maar de huidige afkeer van de elite is, denk ik, meer dan gemakzuchtige kritiek, louter ontketende agressie. Ga de verwijten langs die tegen de elite worden ingebracht en je stuit op een wezenlijk conflict.

3

Eerst een korte rondleiding langs de huidige elitekritiek.

Allereerst heb je de ultrarechtse, nationaalpopulistische afkeer, of beter gezegd, *haat*, jegens een elite die is losgezongen van 'het volk' en zich uitleeft in het vieren van onnadenkend, egocentrisch kosmopolitisme.

De leider van de nationaalpopulistische partij Forum voor Democratie, Thierry Baudet, drukte het tijdens zijn speech na de verrassend gewonnen verkiezingen voor de Provinciale Staten begin 2019 zo uit: 'Net als al die andere landen van onze boreale wereld worden we kapotgemaakt door de mensen die ons juist zouden moeten beschermen. We worden ondermijnd door onze universiteiten, door onze journalisten, door de mensen die onze kunstsubsidies ontvangen en die onze gebouwen ontwerpen. En bovenal worden we ondermijnd door onze bestuurders.'

Een echo van deze woorden valt bij alle Europese radicaal-rechtse partijen te horen, het is zo'n beetje de geloofsbelijdenis van het nationaalpopulisme.

Daarnaast is er de elitekritiek op links, een groeiende kritiek op een klasse die alleen in schijn progressief is, maar al haar idealen het raam uitgooit zodra er werkelijk hervormd moet worden of de eigen belangen in het geding komen.

Dat al te opportunistische, *blingbling* idealisme van de

welgestelde klasse wordt bijvoorbeeld aan de kaak gesteld in het veelbesproken *Waarom de superrijken de wereld niet zullen veranderen* (*Winners Take All*, 2018) van de Amerikaans-Indiase journalist Anand Giridharadas. Door rijken en beroemdheden worden progressieve denkbeelden verkondigd over gelijkheid en duurzaamheid, worden *awards* uitgereikt en in ontvangst genomen. Er wordt druk overlegd tijdens conferenties op A-locaties, maar het blijft bij krabben aan de oppervlakte.

De Nederlander Rutger Bregman, auteur van *De meeste mensen deugen* (2019), scherpte begin 2019 de kritiek van Giridharadas aan in het hol van de leeuw, het World Economic Forum in Davos, waar hij van leer trok tegen de alom geaccepteerde filantropie van de superrijken. Eerst word je gewoon zo rijk mogelijk, zonder acht te slaan op het gemeenschappelijk belang, daarna geef je royaal terug – via fondsen, donaties, projecten, die dankbaar jouw naam dragen.

Weg met die filantropie, hield Bregman zijn elitaire publiek voor: betaal gewoon eens eerst fatsoenlijk belastingen.

In dat licht moet je de kritiek op de gulle Franse weldoeners zien, die miljoenen toezegden na de brand op de Notre-Dame.

En voeg aan ijdelheid gerust hypocrisie toe: het engagement van beroemdheden is te vaak niets anders dan een *vanity project*, de drang om je in de glans van een goede zaak te koesteren – feminisme, racisme, milieu – zonder dat er van reële daadkracht sprake is. Denk aan al die vrouwenpanels waarin de noodzaak van feminisme wordt bezongen door prinsessen en koninginnen (Máxima) en miljardairsvrouwen.

Het dodelijkste voorbeeld van dit soort hypocrisie is dat van *celebrities* die in hun privéjet naar een conferentie over de klimaatcrisis vliegen.

Er is nog een kritiek, ik noem het een *elitaire* kritiek op de elite. De elite moet helemaal niet dichter naar het volk toe komen, zich niet te gewoontjes voordoen, niet minder elitair worden – juist veel *meer*. Als je vooraanstaand bent, kom er dan rond voor uit, gedraag je daar dan ook naar. De elite moet zich weer intellectueel verdiepen, zich verantwoordelijk tonen jegens de samenleving, *juist niet* opportunistisch haar oren laten hangen naar iedere volkse oprisping en populariteitspoll, maar durven ergens voor te gaan staan.

Durf de populistische volksmenners te weerstaan, luidt de kritiek, wees helder en standvastig elitair.

Quote-hoofdredacteur Sander Schimmelpenninck en Zuidas-predikant Ruben van Zwieten, auteurs van het pamflet *Elite gezocht*, in een artikel in *NRC Handelsblad*: 'De Hollandse elites vinden elkaar uitsluitend in zelfontkenning. [...] Het ontkennen van autoriteit, van een bepaalde verhevenheid, heeft alleen tot gevolg dat de onderklasse zich gesterkt ziet in het geloof dat "de elite" fout is, en dat het vertrouwen in publieke instanties en de wetenschap verder wordt uitgehold.'

4

Samengevat: we hebben een 'elite' die 'het volk' en onze cultuur doelbewust ondermijnt; er is de elite die vooral voor zichzelf zorgt, niet van plan is een meer rechtvaardige verdeling na te streven; en een elite die haar plicht *als elite* verzaakt, niet moedig is, niet langer voor zichzelf durft uit te komen.

Aan de oppervlakte gaat het steeds over bepaalde mensen aan de top, om graaiers, lege celebrities, deugmensen, ongevoelige technocraten, zwalkende politici, de Haagse kaasstolp. Dagelijks is er iemand om je over op te winden, gesjoemel, zelfverrijking, arrogantie, blinde bedilzucht, elitaire vooringenomenheid.

Die alomtegenwoordige afkeer van zulke verschillende personen en types kent wel degelijk een gemene deler, een gezamenlijk doelwit. Hoe verschillend de kritiek op de elite ook is, links en rechts, de achterliggende afkeer richt zich tegen dezelfde vijand. Achter de frustraties over de heersende klasse gaat een grotere frustratie schuil. Onvrede over de elites is slechts een symptoom.

Een symptoom van een veel grotere onvrede: een groeiende afkeer van het liberalisme.

5

In zijn studie *Liberalisme. Het verhaal van een idee* (2015) stelt de Britse journalist Edmund Fawcett dat het liberalisme historisch te maken heeft gehad met twee rivalen: conservatisme en socialisme. Het liberalisme, aldus Fawcett, heeft historisch nooit een volledig uitgewerkt gedachtegoed gekend, maar baseert zich op een viertal overtuigingen.

Ten eerste: het besef dat er altijd politieke strijd zal zijn, aangezien er sinds de Verlichting geen gemeenschappelijk, algemeen gedeeld idee van 'het goede' meer is. Ieder mag voor zichzelf uitmaken wat hem gelukkig maakt en hoe de ideale samenleving er volgens hem of haar uit zou moeten zien. Je mag je leven geven aan het helpen van de allerarmsten, je mag je hele vermogen uitgeven aan luxespullen voor je eigen genot. Je mag geloven in het ideaal van een strak geregisseerde, collectieve heilstaat of in een samenleving zonder enige bemoeienis van welke overheidsinstantie dan ook. Je mag denken dat de mens van nature tot het goede is geneigd en daar je idee van de ideale samenleving op afstellen – of juist van het tegendeel uitgaan, de notie dat een samenleving de mens tegen zichzelf moet beschermen.

Je bent vrij te geloven wat je goeddunkt.

Dat leidt onherroepelijk tot botsingen, vaak fel, en het is aan het liberalisme om de boel in goede banen te leiden, te zorgen dat al die verschillende opvattingen over de vrijheid en de ideale samenleving niet te veel gaan botsen, dat het zaakje niet uit de hand loopt.

Ten tweede verzet het klassieke liberalisme zich volgens Fawcett tegen de menselijke neiging de macht naar zich toe te trekken, tegen het verlangen naar dominantie en autoriteit, zowel bij politici die het liefst alleen zouden heersen, als bij het volk, dat te vaak geneigd is om alle macht bij eenlingen te leggen. Het liberalisme zoekt altijd naar een systeem waarbij de macht democratisch gecontroleerd en ingeperkt kan worden.

Daarnaast verkondigt het liberalisme het geloof in vooruitgang, het idee dat we stap voor stap vooruitkomen, zolang we ons hoofd er maar bij houden. Steeds een stukje beter.

En ten slotte is er het liberale geloof in gelijkwaardigheid, de notie dat iedere mens respect verdient op basis van zijn mens-zijn alleen, ongeacht zijn afkomst, sociale status of capaciteiten. Het maakt niet uit wat of wie je bent, iedereen telt mee.

De klassieke rivalen van het liberalisme verzetten zich vooral tegen dat heilige geloof in het individu als maat van alle dingen.

Het *conservatisme* verwerpt de liberale nadruk op individuele vrijheid en zegt op te komen voor het herstel van de gedeelde waarden van cultuur en gemeenschap. Een mens staat niet los van zijn omgeving en geschiedenis, hij is er grotendeels het product van. En dat is maar goed ook. Als hij aan zichzelf wordt overgelaten, als hij zichzelf los van zijn geschiedenis, cultuur en traditie gaat zien, is het onheil al snel niet meer te overzien.

Zoals de aartsvader van het conservatisme, de Ier Edmund Burke (1729-1797), al in zijn *Bespiegelingen over de Revolutie in Frankrijk* (1790) schrijft, gaat het moderne geloof in de Mens en 'mensenrechten' ten koste van alles wat een mens inbedt in gewoonte, traditie en gemeenschap: 'Mensen die nooit terugkijken naar hun voorouders, kijken ook nooit vooruit naar hun nageslacht.'

Het individu is zich altijd bewust van zijn verantwoordelijkheid ten opzichte van de gemeenschap, en dat is meteen wat hem in toom houdt. Burke: 'De geest van de vrijheid, die uit zichzelf tot anarchie en exces leidt, wordt, doordat hij zich steeds gedraagt alsof hij in de aanwezigheid van geheiligde voorvaderen verkeert, getemperd met eerbiedige ernst.'

De revolutionairen in Frankrijk aan het einde van de achttiende eeuw, constateert Burke, willen de mens bevrijden van zijn maatschappelijke en culturele context. Ze 'verachten ervaring als de wijsheid van ongeletterden. En wat de rest betreft: ze hebben een mijn in de grond gestopt die met één grote explosie alle voorbeelden uit oude tijden, alle precedenten, alle wetten en alle besluiten van het parlement zal opblazen. Zij hebben "de rechten van de mens". Tegenover die rechten valt alle verjaring weg en is geen overeenkomst bindend. Ze staan geen matiging of compromissen toe; alles wat niet aan hun strenge eisen voldoet is louter bedrog en onrecht.'

De conservatieve mens is ingebed in zijn gemeenschap.

Het *socialisme* keert zich eveneens tegen een veronachtzaming van gemeenschap, maar vat die gemeenschap op als *broederschap*, een vorm van solidariteit, sociaal en economisch, juist over de grenzen van cultuur en afkomst heen. Gelijkheid en vrijheid gaan niet vanzelf samen, ze staan voor het socialisme vaak op gespannen voet. Zoals de grote aankondiger van de democratie Alexis de Tocqueville (1805-1859) in zijn rol van politicus zijn gehoor in 1848 voorhield: 'De democratie is gelijkheid als onafhankelijkheid, het socialisme, dat is gelijkheid onder dwang, *la servitude*.'

6

In de liberale democratie zoals wij die kennen is het liberale gedachtegoed dominant geworden. De liberale democratie geldt als de ideale bestuursvorm, ook voor bevolkingsgroepen en landen die dat nog niet beseffen. Dat was de overtuiging die Francis Fukuyama in 1989 uitdroeg in zijn beroemde en omstreden essay *The End of History*. Het zelfstandige individu, de mondige burger/consument geldt als het middelpunt van alles. In ieder geval in naam.

In veel West-Europese landen ziet de bestuurlijke elite zichzelf als drager en hoeder van liberale, progressieve waarden – met hier wellicht een 'rechts' accent op een streng immigratiebeleid, daar een 'neoliberaal', onwrikbaar geloof in de zegeningen van de vrije markt, en aan de linkerzijde extra nadruk op het belang van nivellering en sociale gelijkheid. Maar dat alles beweegt zich binnen de bandbreedte van het liberalisme. Van een georganiseerde strijd voor een radicaal andere maatschappelijke orde, zoals het communisme en het fascisme die voerden, is geen sprake meer.

Veel van de huidige kritiek op 'de elite' komt er in de kern op neer dat het oude rivaliserende gedachtegoed, conservatisme en socialisme, door het allesoverheersende liberalisme op een fatale manier is 'geliberaliseerd', dat wil zeggen hopeloos verwaterd en daardoor krachteloos – een schim van wat het had kunnen zijn. Juist omdat het liberalisme niet langer serieus wordt uitgedaagd door concurrenten, is de rol van het liberalisme als politiek spelverdeler tussen verschillende maatschappijvisies verzand in zuiver pragmatische haalbaarheidspolitiek.

Er is alleen nog de praktijk, geen visie.

Laat staan een vergezicht.

7

Symptomatisch voor die houding is de HJ Schoo-lezing uit 2013 van de liberale minister-president Mark Rutte, waarin hij zich met nadruk afzet tegen het woord 'visie' zelf, als een fatale hindernis voor pragmatisch handelen. Politieke keuzes worden niet gestuurd door een visie op de samenleving, ze worden er juist door gehinderd.

In zijn hartgrondige afkeer van het begrip 'visie' haalt Rutte onbekommerd metaforen door elkaar: 'Visie is als een olifant die het uitzicht belemmert.' (Heb je het in Engeland over *the elephant in the room,* dan doel je op een kwestie waar iedereen zich van bewust is, maar niemand het over wil hebben.) Mark Rutte ziet die afkeer van visie als de *kern* van zijn soort liberalisme: 'Als visie een blauwdruk voor de toekomst betekent, dan verzet alles wat liberaal is in mij zich daartegen.'

Maar tijdens zijn lezing, en in de jaren erna, slaagde Rutte er niet in onder de verdenking uit te komen dat zijn afkeer van visie en ideologie gepaard ging met een gebrek aan werkelijke overtuiging van wat dan ook.

Dat geldt niet alleen voor hem, maar ook voor het liberalisme in het algemeen. De eindeloze behendigheid van het liberalisme om verschillende maatschappelijke belangen met elkaar te verenigen (een van de eigenschappen die Fawcett noemt) lijkt gelijk op te gaan met fataal verraad aan andere liberale principes, zoals het geloof in gelijkheid en vooruitgang.

Omdat het liberalisme 'visie' heeft verworpen, omdat het hebben van een visie een vorm van ideologie zou zijn, werd het steeds meer gezien als hoeder van de status quo, politiek stilstaand water. In plaats van 'visie' is er technocratische besluitvorming en de overtuiging dat de overheid zich zo ver mogelijk uit de maatschappij moet terugtrekken – dan kan de burger weer 'in zijn kracht' worden gezet en met zijn medeburgers een gemeenschap vormen, met nieuwe vormen van solidariteit en gemeenzaamheid die door een al te grote afhankelijkheid van de overheid verwaterd zouden zijn.

En het scheelt bovendien een hoop geld. Nieuwe gemeenschapsvorming en hard bezuinigen kunnen in deze overtuiging heel goed samengaan. Dat was ook de voornaamste gedachte achter de zogenaamde 'participatiesamenleving'.

Dat begrip stamt uit 2013, hetzelfde jaar waarin Mark Rutte zo eloquent zijn afkeer van 'visie' beleed.

8

Maar de perceptie is juist dat door liberaal beleid er steeds minder sprake is van werkelijke participatie door burgers, en van *gemeenschap*, links- of rechtsom. Vandaar de roep om een meer radicale politiek op de flanken, de drang om de oude rivalen van het liberalisme, conservatisme en socialisme te bevrijden uit de liberale houdgreep, die in toenemende mate als verstikkend wordt ervaren.

En het is bij uitstek de bestuurlijke en economische elite die verantwoordelijk wordt gehouden voor die verlammende greep, die het rivaliserende gedachtegoed verhinderen opnieuw vleugels te krijgen.

De huidige onvrede met de elite tekent zich om die reden langs de aloude ideologische lijnen af. Maar het grote verschil is dat in onze tijd de oorspronkelijke, rivaliserende ideologieën, op links en op rechts, 'zwevend' zijn geworden – ze verwijzen voortdurend naar wat ze ooit waren, grote politieke stromingen van weleer. Nostalgie speelt een grote rol. Er wordt voortdurend gekeken naar wat verloren is gegaan, hoe het vroeger was.

Tegenwoordig zijn deze rivalen van het liberalisme, denk ik, eerder een *kritiek* op de ontsporingen van het liberalisme, dan zelfstandige, autonome bewegingen.

Rechts vindt dat de liberale elite het idee van *gemeenschap* in culturele zin uit het oog heeft verloren. Links ziet de groeiende ongelijkheid als een ondermijning van maatschappelijke *solidariteit*. Beide voelen zich heftig tekortgedaan door het liberalisme, zoals dat door de bestuurlijke elites wordt uitgedragen.

De liberale democratie schiet telkens weer overal tekort.

Tegelijk blijkt het moeilijk of zelfs onmogelijk er iets radicaal anders tegenover te stellen dat verdergaat dan verzengende kritiek alleen. Niet alleen als breed aansprekend gedachtegoed, als kritiek, maar als een reële, nieuwe, verbeterde ordening van de maatschappij.

Dat frustreert.

Dat frustreert enorm.

9

Kritiek op het liberalisme is zo oud als het liberalisme zelf. Ook de aard van de kritiek is grotendeels hetzelfde gebleven.

Als iedereen het recht heeft zijn eigen geluk en welvaart na te streven, wie zorgt er dan voor het gemeenschappelijk belang, de publieke zaak? Wanneer wordt individualisme tot egoïsme? Wat te doen wanneer de vrijheid van de een de vrijheid van de ander ondermijnt?

En: wanneer wordt een rationele kijk op de wereld tot een zielloos nuttigheidsdenken, waarin een mens wordt gestuurd en gemanipuleerd totdat hij het gewenste gedrag vertoont, ten behoeve van een rationeel geordende, economisch efficiënte, door en door gereguleerde maatschappij?

Volgens de Britse wetenschapshistoricus David Wootton, schrijver van *The Invention of Science* (2016) en *Power, Pleasure and Profit* (2018), gaat dat onbehagen helemaal terug tot de Verlichting zelf, waar het liberalisme uit voortgekomen is. Het zat er als het ware ingebakken. Vanaf het moment dat het individu de vrijheid kreeg om zijn eigen idee van 'het goede leven' te verwezenlijken, werd hij ook steeds meer gezien als een wezen dat enkel en alleen eropuit was het zichzelf naar de zin te maken.

De Verlichting bracht ons het ideaal van vrijheid en gelijkheid. Maar ook het geloof in 'ieder voor zich'.

10

In een gesprek dat ik in de zomer van 2019 met Wootton had verklaarde hij het zo: 'Rond 1600 had je twee opvattingen over wat het goede leven was. Er was de christelijke traditie van vroomheid, die om deemoed, goedertierenheid en zelfverloochening vroeg, anders ging je niet naar de hemel. Er was de traditie, die teruggaat op Aristoteles, die vond dat deugd gelijkstond aan zelfbeheersing. De bescheiden mens vindt het geluk in de beperking. Maar dat idee van zelfbeperking maakt gaandeweg plaats voor een menselijk streven zonder einde.

Dat begint in de politiek, met Machiavelli. Hij zegt dat je nooit genoeg macht kunt hebben. Zolang je niet iedereen in je macht hebt, kun je je nooit veilig voelen. De filosoof Thomas Hobbes ziet dat als de motor van de menselijke psyche. De mens jaagt in zijn ogen onophoudelijk macht, rijkdom en genot na.

Denkers na hem, zoals John Locke, zetten daar stevige kanttekeningen bij, maar ze verwerpen dat mensbeeld niet, en werken het uit in theorieën over moraal, politiek en economie. En zo wordt het mensbeeld van Hobbes algemeen. Het verlichtingsdenken gaat ervan uit dat mensen van nature egocentrisch zijn, omdat ze naar genot en zelfvoldoening streven. Daaruit volgt dat mensen alleen in staat zouden zijn om goed te doen voor anderen wanneer ze daar zelf ook baat bij hebben. Al is het maar dat ze zichzelf dan geweldig goed kunnen vinden.'

11

Liberale politiek is altijd evenwichtskunst geweest tussen verschillende opvattingen en belangen. Het moment dat het liberalisme zijn rivalen had verslagen, trad zelfgenoegzaamheid in, wat tot uitdrukking kwam in het idee dat we allemaal wel zo ongeveer dezelfde kant op willen. Het uitgangspunt dat politiek altijd een strijd van tegengestelde opvattingen zal zijn, dat conflicten erbij horen, raakte op de achtergrond. Het werd zelfs als een irrationele aberratie gezien. Conflicten konden gierend uit de hand lopen, kostten de samenleving handenvol geld, dus konden ze maar het beste zo snel mogelijk gladgestreken worden.

De huidige kritiek op de elite is dus vrijwel altijd een kritiek op het liberalisme. Maar die kritiek is verre van gelijkluidend, en onderling ook tegenstrijdig.

12

Een mooi voorbeeld is de afsplitsing van de partij van Thierry Baudet, het Forum voor Democratie, in de zomer van 2019. Dat lijkt een botsing van ego's, van een door en door narcistische leider in de greep van romantische ideeën en een no-nonsensezakenman met een slordig besef van administratie op de achtergrond, Henk Otten. Zo stelde Baudet zelf de breuk ook het liefst voor, als een loyaliteits- en geldkwestie.

Maar het geschil is *ideologisch* – en daarom interessant.

Uit het beruchte interview dat Otten, toen nog de lijsttrekker voor de Eerste Kamer van het Forum voor Democratie, in april 2019 aan NRC gaf, bleek dat hij zichzelf vooral als een rechtse liberaal ziet, die de in zijn ogen slappe liberale elite de rechterkant op wil krijgen: 'Iedereen wil minder belastingen betalen.'

Baudet zelf daarentegen laat zich in iedere toespraak

opnieuw zien als iemand die *tegen* het liberalisme is. In een interview voor een Zwitserse krant stelde hij onomwonden dat hij zich tegen de idealen van de Franse Revolutie keert.

Tégen vrijheid, gelijkheid en broederschap dus.

Daarmee sluit hij aan bij een nationaalpopulistisch gedachtegoed dat uitgesproken antiliberaal is. De Hongaarse president Orbán verklaart het liberalisme om de haverklap als een gevaarlijke dwaling, waartegen het christelijke Hongarije zich met hand en tand moet verzetten.

En de eerdergenoemde Rus Alexandr Doegin verklaart het liberalisme als een fatale ontwikkeling in de westerse wereld, die strijdig is met een holistisch idee van een homogene cultuur, die weer 'heel' zou moeten worden gemaakt.

Voor een liberaal kán de samenleving niet meer heel worden. Deze politieke stroming is, zoals Fawcett laat zien, juist ontstaan om een in zichzelf verdeelde samenleving leefbaar te houden.

De nieuwe vijanden van het liberalisme, zoals Andreas Mölzer, partijideoloog van de extreemrechtse Oostenrijkse partij FPÖ, hebben daar geen boodschap aan. Er is geen sprake meer van gelijkwaardigheid van mensen, ongeacht wie ze zijn en waar ze vandaan komen. Het streven is niet naar meer gelijkheid, maar naar minder. Wat voor de een geldt, geldt niet langer voor de ander.

In een reportage van Marijn Kruk in *De Groene*, voorjaar 2019, verkondigde Mölzer onomwonden: 'We zijn voor vrijheid, maar wel voor ónze vrijheid.'

13

Ook aan de linkerkant, en dan vooral binnen de muren van de universiteit, klinkt de roep om af te rekenen met het liberalisme harder en harder. Er is geen redden meer aan, het liberalisme is allesbehalve een tegenstander van het opkomende 'fascisme', maar gewoon een handlanger. De Rotterdamse socioloog Willem Schinkel: 'Er is een permanente verschuiving naar rechts, een verschuiving zonder horizon op rechts. Waarom? Omdat de liberale orde fundamenteel dezelfde premisse deelt als de fascistische wensdroom: een begrensde gemeenschap, de *mogelijkheid* van een begrensde gemeenschap, die volledig is, en uit complete en geïndividualiseerde personen met heldere, gefixeerde posities en identiteiten bestaat. Liberalen hebben hetzelfde geweld nodig, claimen alleen het gematigder, geciviliseerder te doen. Een beetje geweld is nodig, geweld aan de grens bijvoorbeeld, geweld in de exploitatie van lichamen, van arbeiders, van vrouwen, geweld in de exploitatie van "natuur". Het komt allemaal met de liberale orde al ons leven binnen, en iedere uitdager op rechts verleidt die orde tot verder doseren, tot weer wat meer geweld dat, zo is de claim, altijd nog te prefereren is boven het onfatsoenlijke, ongeciviliseerde, onredelijke geweld van de fascisten. Maar alles wat hiermee gebeurt, is een opschuiven van het hele spectrum richting fascisme, terwijl men tot de laatste seconde redelijkheid en fatsoen kan blijven claimen. Dus weet je, wie denkt een volledig subject te zijn, lid van een volledige gemeenschap, die is altijd al geïmpliceerd in het fascistische project.'

In zulke radicale woorden klinkt behalve woede ook heel

wat frustratie door, vermoedelijk omdat de geloofsartikelen van het 'fascistische project' wel degelijk aanslaan bij het electoraat in Europa, en ook daarbuiten, terwijl het radicale linkse alternatief vooral grond onder de voeten krijgt binnen de muren van universiteiten en in cultuurcentra, maar nauwelijks daarbuiten.

14

Kritiek op het liberalisme enerzijds en de totale verwerping van het liberale wereldbeeld anderzijds – die ambivalentie vind je ook terug in de beweging van de Franse Gele Hesjes, die in november 2019 haar tweejarig jubileum vierde. Dat maakt het lastig partij voor of tegen de Hesjes te kiezen: het streven naar sociale rechtvaardigheid, het opkomen voor het 'vergeten Frankrijk' kan zo'n beetje overal op sympathie rekenen; maar de beweging kent ook antiliberale, extreemrechtse tendensen, zoals antisemitisme, xenofobie en homohaat.

Het verlangen naar een verloren solidariteit gaat gemakkelijk samen met het verlangen naar een verloren gemeenschap.

Het is verleidelijk voor zowel links als rechts om die ambivalentie te negeren, weg te poetsen, af te dekken door een gezamenlijke afkeer van de elite. Zo ongeveer iedereen heeft immers wel iets tegen de elite.

Maar de onderliggende kwestie is cruciaal, en zal zich almaar scherper aftekenen: wil je het liberalisme corrigeren, de elite weer bij de les krijgen, tot verantwoordelijkheid dwingen, tot nieuw elan?

Of wil je het liberalisme vernietigen?

Er zijn denkers, zoals de Engelse politiek filosoof John Gray, die ervan overtuigd zijn dat het einde van het liberalisme onvermijdelijk is. De tekenen zijn overal, alleen de luie, zelfgenoegzame, hypocriete liberale elite heeft dat nog niet door.

In een artikel op de Engelstalige website UnHerd benoemde Gray het liberalisme, met een provocerende verwijzing naar het communisme, als '*the other God that failed*'. Maar het is volgens hem niet de radicale kritiek van academici als Schinkel die zal overwinnen, maar de autoritaire krachten van het nationalisme die gemeenschap willen *opleggen*.

Kijk maar naar China, Rusland, Turkije, naar Oost-Europa en naar de Verenigde Staten, zegt Gray – het liberale wereldbeeld is overal op z'n retour. Wie dat nu nog steeds niet inziet, versnelt volgens Gray slechts de ondergang van het liberalisme.

15

Zo pessimistisch ben ik niet. Ik heb in mijn leven, zoals de meeste mensen in Nederland, te veel te danken aan de stapsgewijze verwezenlijking van liberale waarden.

Mijn overgrootvader was een straatarme joodse immigrant, die rond de vorige eeuwwisseling op jonge leeftijd in Nederland terechtkwam; hij en zijn niet-joodse vrouw vonden in Nederland een goed onderkomen, zij het met vallen en opstaan. Zijn joodse afkomst hield hij verborgen voor zijn kinderen, totdat het niet langer kon – het moment dat de nazi's Nederland binnenvielen. Hij overleefde door zijn huis aan de Amsterdamse Insulindeweg niet meer uit te gaan. Hij overleed in 1948. Van de generaties vóór hem overleefde vrijwel niemand.

De generaties na hem kregen het in alle opzichten steeds beter. Mijn ouders profiteerden van het *Wirtschaftswunder*. Mijn zuster en ik konden studeren. Ikzelf plukte de vruchten van het werk dat strijders voor homo-emancipatie vóór mij verrichtten.

In veel opzichten ben ik dus een kind van de naoorlogse sociaaldemocratie.

Er zijn meer dan genoeg mensen die die liberale waarden, zoals Fawcett ze beschrijft, niet op de vuilnisbelt van de geschiedenis willen zien belanden, omdat ze hun levens en die van hun naasten wel degelijk sterk verbeterd hebben.

Geloof in het nut van politieke strijd, geloof in gelijkwaardigheid van alle mensen, geloof in vooruitgang en een voortdurend alert-zijn op de autoritaire trekjes in de mens; de geloofsartikelen van het liberalisme lijken me noodzakelijker dan ooit.

De kritiek van de meeste mensen komt erop neer dat de heersende elites die liberale waarden verwaarlozen en ontrouw zijn geworden. Maar het liberalisme bekritiseren, op links en op rechts, of *het liberalisme willen vernietigen*, dat zijn twee radicaal verschillende dingen – die door nationaal-populistische politici behendig door elkaar worden gehaald, nu eens het een beweren, dan weer het ander suggereren.

Radicaal-links komt te vaak niet verder dan het hautain afwijzen van iedere vorm van progressieve politiek die het liberalisme aan zijn belofte wil houden. Zonder een volledige omwenteling, een revolutie, is de nieuwe maatschappelijke ordening die men voorstaat niet voorstelbaar.

Van die revolutie valt in de echte, niet-academische wereld in West-Europa vooralsnog geen glimp te bespeuren.

16

Dat die twee uitgangspunten – kritiek op het liberalisme en het streven naar vernietiging van het liberalisme – tegenwoordig zo gemakkelijk door elkaar kunnen worden gehaald, heeft te maken met de in het eerste deel van dit essay beschreven groeiende kloof tussen werkelijkheid en beleefde werkelijkheid, tussen feit en fictie, tussen realiteitszin en emotie. Wanneer de emotie zich niet langer laat corrigeren door de rede – denk aan Humes uitspraak over de rede als slaaf van de hartstochten – is de gedroomde vernietiging van wat je ogenschijnlijk in de weg zit niet ver.

Volgens Peter Pomerantsev – die zijn Russische medialeden achter zich heeft gelaten en tegenwoordig leidinggeeft aan het Britse onderzoeksprogramma Arena, dat zich bezighoudt met 'de diepere oorzaken van desinformatie, polarisatie en haatzaaien' – geldt de vaststelling dat er niet zoiets is als een objectieve waarheid als excuus voor het bewust aanjagen van polarisatie in de samenleving. In een gesprek met mij zei hij: 'Zenders als Fox of de Russische zenders roepen dat objectiviteit helemaal niet bestaat, dat alle meningsvorming subjectief is, louter emotie en instinct. En dat argument overtuigt veel mensen.'

Ook serieuze media kunnen de verleiding om mensen tegen elkaar op te zetten steeds moeilijker weerstaan, omdat het wij-zij-denken evolutionair in ons zit ingebakken – en natuurlijk ook gewoon opwindend is. Pomerantsev: 'Wanneer *clicks* voor advertenties zorgen en voor nieuwsmedia dus een manier van overleven worden, is de verleiding om te polariseren groot, want verontwaardiging levert de meeste *clicks* en *shares* op.

Ik sprak laatst met een redacteur van de Italiaanse kwaliteitskrant *Corriere della sera* over hoe we het publieke discours een nieuwe impuls zouden kunnen geven, zodat er weer op basis van feiten gediscussieerd kon worden. Hij zei: "Luister, uiteindelijk is het de manier waarop online advertenties werken die ons richting polarisatie drijft. Hoe meer we Salvini citeren, hoe meer advertenties we krijgen, zo simpel is het." Het is op zich niet nieuw, vroeger had je de sensatiepers, maar nu worden alle media die richting op geduwd. En het lijkt bijna wel of die advertentietechnologie, de mogelijkheid om te zien wat de meeste aandacht trekt, een bepaald type politicus schept. Trump lijkt ervoor gemaakt.'

Juist de door technologie aangedreven fragmentatie van de samenleving in ontelbare kleine, digitale gemeenschappen schept bij politici de behoefte aan een vage, algemene vijand om het hele electoraat achter zich te krijgen. De functie van politiek spelverdeler die het liberalisme van oudsher heeft, is dan een lastig obstakel geworden.

Pomerantsev: 'We kunnen steeds beter specifieke groepen bedienen en die voortdurend testen op wat ze vinden en willen. Het leidt tot de verkaveling van de publieke ruimte, in plaats van vijf, zes kranten heb je nu duizenden

Facebook-groepen. Dat maakt het moeilijk om nog met elkaar in gesprek te komen en het schept ook een politieke strategie die het moet hebben van verschillende, vaak tegenstrijdige boodschappen tegelijk. Politici bedienen zich in plaats van ideologie van een vage emotiepolitiek, omdat ze heel veel groepen willen bereiken. Trump doet het voortdurend. Zelensky in Oekraïne deed het net zo goed. En wanneer je die verschillende groepen vervolgens naar de stembus wilt krijgen, werkt het helaas het best wanneer je ze verenigt in een vaag, gedeeld vijandsbeeld. Dat zag je ook bij de Brexit-campagne. Je geeft de mensen die tegen immigratie zijn één verhaal, en een ander aan bijvoorbeeld strijders voor dierenrechten, waarin de EU als vijand van het dierenwelzijn wordt voorgesteld – dat was de succesvolste onlineadvertentie van de Brexiteers. Om dat alles bij elkaar te brengen heb je een abstracte vijand nodig, de Europese Unie, de mainstreammedia, de elites. Dat is wat Boris Johnson in Groot-Brittannië aan het doen is, hij werpt zich voortdurend op als man van het volk tegen het establishment. Een dergelijke logica leidt tot een politiek die irrationeel is. Gevoelens speelden altijd een rol in de politiek, maar nu gaat het om gevoelens in plaats van ideeën.'

Opnieuw: Humes hartstochten zonder een sturende rol van de rede. Die dient enkel nog om emoties te rechtvaardigen, de schijn van redelijkheid te geven.

Pomerantsev ziet ook een verband met de toenemende feitenvrijheid in het maatschappelijke debat en het ontbreken van een politieke stip aan de horizon, een toekomstgericht vergezicht. Juist het parmantig beleden gebrek aan 'visie' van liberalen als Mark Rutte geeft het speelveld vrij aan degenen die ongericht terugverlangen naar een onbezoedeld verleden, waarin de samenleving nog een echte gemeenschap zou zijn geweest. De stip ligt dan niet langer vóór ons, maar achter ons, ver achter ons, in het Nederland van na de Tweede Wereldoorlog, in de laatnegentiende eeuw toen onze cultuur nog 'heel' was, in de Gouden Eeuw toen de VOC-mentaliteit zegevierde, in de Middeleeuwen toen het 'gotische godshuis' dat de Notre-Dame is de mens nog onderdak bood in één bezielde gemeenschap onder God, in Mekka anno 622 toen de islam nog zuiver en onbezoedeld was.

Pomerantsev: 'Als je geen duidelijk, rationeel beeld van de toekomst meer hebt, waarom zouden politici dan nog met onderbouwing van hun standpunten moeten komen? Poetin en de Filipijnse president Duterte zijn zuivere nostalgici, die geen verhaal voor de toekomst hebben, of zelfs maar voor de dag van morgen. Dat hebben alle populisten met elkaar gemeen. Nostalgie heeft geen bewijzen nodig, nostalgie moet per definitie niets van feiten hebben. Feiten vertellen mensen dingen die niet leuk zijn, bijvoorbeeld dat jouw kinderen het minder zullen krijgen dan jijzelf. Wat je ziet, is dat een wereldbeeld dat leunde op de denkbeelden van de Verlichting langzaam maar zeker wordt losgelaten.'

17

De Verlichting...

De kritiek op de elites en de praktijk van het hedendaagse liberalisme snijdt diep. Er staat een wereldbeeld op het spel.

Is de Verlichting, waar we allemaal de kinderen van zijn, zichzelf te vaak ontrouw geweest en moeten de principes van vrijheid en gelijkheid opnieuw handen en voeten krijgen in een geglobaliseerde wereld? Moeten de groepen die worden uitgesloten van die mooie idealen hun rechten opeisen en gelijkwaardigheid afdwingen?

Dat is wat bijvoorbeeld de Brits-Indiase essayist Pankaj Mishra voorstelt. Tegen mij zei hij in 2017: 'Het universalisme is vanaf het begin gecompromitteerd door uitsluiting. De mannen die in Amerika over vrijheid en het najagen van geluk spraken, hielden slaven. Voltaire zei dat dieren meer benul hadden dan zwarten.' Maar die onrechtvaardigheid is geen reden om het verlichtingsproject bij het grofvuil te zetten. Mishra: 'We moeten het kind zeker niet met het badwater weggooien. Er is geen weg terug, dus het is zaak dat we onze ideeën over gelijkheid uitbreiden tot groepen die voorheen uitgesloten waren.'

Of is er vanaf het allereerste begin iets onherroepelijks mis met het verlichtingsproject? Extreemrechts – zoals bijvoorbeeld Doegin – valt in zijn kritiek terug op het ultraconservatisme à la de Franse denker Joseph de Maistre (1753-1821), die het hele idee van 'de Mens' en mensenrechten voorstelt als een aberratie, die tegen de menselijke natuur ingaat. De mens is volgens hem een nietszeggende algemeenheid. Zoals De Maistre het uitdrukte naar aanleiding van de revolutionaire grondwet van 1795: 'Deze grondwet is opgesteld voor de Mens. Welnu, er bestaat op deze wereld helemaal niet zoiets als de Mens. Gedurende mijn leven ontmoette ik Fransen, Italianen, Russen, enzovoort. [...] Maar wat de Mens betreft, ik verklaar dat ik die van mijn leven nooit ben tegengekomen. Mocht hij bestaan, dan heb ik daar in ieder geval geen weet van.'

Op de linkerflank volgt men vooral de kritische redeneringen van Theodor Adorno en Max Horkheimer in *De dialectiek van de Verlichting* (1944). In hun ogen gaat de Verlichting gepaard met een rigide geloof in de 'instrumentele rede'. De menselijke ratio heeft de wereld 'onttoverd', waardoor de natuur beheersbaar werd. Maar daarvoor in de plaats is een nieuwe mythe gekomen, de mythe van het getal en het feit als middel om de wereld te domineren. 'De veelheid aan vormen wordt teruggebracht tot positie en ordening, de geschiedenis tot feiten, de dingen tot materie. Het getal werd de canon van de Verlichting.'

En, nog dodelijker, 'de Verlichting verhoudt zich tot de dingen als de dictator tot mensen. Hij kent ze, voor zover hij ze kan manipuleren.'

Volgens de denkers van de Frankfurter Schule was die dictator de natuurlijke uitkomst van het verlichtingsdenken. 'De technologisch opgevoede massa' werd, ontheemd en ondermijnd door de koude berekening van de Verlichting, stevig in de armen van de dictators en het fascisme gejaagd, op zoek naar gemeenschap en houvast.

18

Het is de vraag of je de haat tegen de Verlichting geheel op het conto van de Verlichting zelf kunt schrijven. Maar het lijkt me duidelijk dat de huidige frustratie aan zowel de linker- als de rechterkant van het politieke spectrum in de eerste plaats gericht is tegen moderne vormen van 'ontmenselijking'. Zowel het verlangen naar gemeenschap als het verlangen naar nieuwe vormen van solidariteit beschouwen het individu als op een fatale manier 'vervreemd' en 'ontheemd' – losgeraakt of losgemaakt van zijn vertrouwde culturele bedding, of gereduceerd tot een door algoritmen aangestuurde *homo economicus*, een verzameling data die economisch geoptimaliseerd dient te worden.

Wie zijn *wij*? Wat zijn we *elkaar* verschuldigd?

Op beide vragen geeft het huidige liberalisme geen antwoord.

De mens is niet langer subject, iemand die betekenis kan vinden in zijn eigen wereld. Voor de een is de boosdoener de Verlichting van de instrumentele, zuiver calculerende rede; een mens is een opstelsom van data en statistiek geworden. Voor de ander is het de Verlichting die het individu heeft losgemaakt van zijn natuurlijke bedding, zijn banden met zijn cultuur, geschiedenis, traditie heeft doorgesneden.

Wat daar gemeenschappelijk aan is, is een gedeeld gevoel van verlies van samenhang. Vandaar de nieuwe hang naar de groep, de *bubble*, het houvast van de identiteit, het verlangen naar een ondeelbare uniekheid op basis van afkomst, nationaliteit, kleur, geloof, politieke overtuiging. Het verlangen samen te vallen met iets wat groter is dan jezelf, zodat de illusie van een soort van solidariteit en gemeenschap wordt hersteld.

Hoe begrijpelijk dat verlangen ook is, de prijs die ervoor betaald moet worden is hoog. Zoals we zagen, de waarheid wordt ondergeschikt gemaakt aan de emotie. Identiteit wordt een gesloten circuit. Universalisme is een lachertje geworden. Het emotionele houvast van de identiteit maakt het praktisch onmogelijk om betekenisvolle relaties *buiten* die identiteiten aan te gaan.

Hoe kan je daaraan ontsnappen? Is dat nog wel mogelijk?

DERDE DEEL

MENS/ONMENS

1

Vrijheid, gelijkheid en broederschap – wanneer ik op straat loop in Parijs kom ik om de haverklap die overbekende leus van de Franse revolutie tegen. Hij staat gebeiteld in de gevels van overheidsgebouwen, gemeentehuizen en scholen. Ikzelf kijk er iedere keer nog een beetje van op. Hoe vertrouwd de stad inmiddels ook aanvoelt, altijd blijf je de buitenstaander die observeert, voor wie weinig vanzelf spreekt.

Vrijheid, gelijkheid en broederschap – ik neem aan dat de meeste Parijzenaren die woorden nauwelijks meer opvallen, dat ze zo diep in hun culturele DNA begraven liggen dat ze weinig reële betekenis meer hebben. Maar op mij komen ze, te midden van mijn alledaagse beslommeringen, over als een ferme aansporing.

Een aansporing waartoe? Voor nationaalpopulisten, hebben we gezien, is de leus zélf het probleem, een gruwel zelfs.

'Vrijheid, maar wel onze vrijheid.'

Gelijkheid, maar 'eigen volk eerst', *prima gli italiani*, et cetera.

Broederschap, oké, maar alleen met gelijkgestemden, met mensen die zijn zoals 'wij'. *Wir sind das Volk.*

Maar ook wie de revolutionaire leus onderschrijft, worstelt met de hedendaagse invulling ervan.

Wat is vrijheid?

Of tegenwoordig vooral: waar liggen de grenzen van de vrijheid? Wat is gelijkheid in een samenleving die voorgoed pluriform is geworden, waarin steeds meer mensen een verschillende culturele achtergrond hebben en waarin veel mensen het gevoel hebben dat zij, en de mensen die op hen lijken, niet gezien worden?

En ook, hoe kun je nog van vrijheid spreken wanneer technologie het steeds gemakkelijker maakt ons te observeren, te controleren, te beïnvloeden? Iedere week verschijnt er wel een boek of pamflet waarin gewaarschuwd wordt voor wat Shoshana Zuboff, voormalig hoogleraar aan Harvard Business School, 'surveillance capitalism' noemt, een nieuw soort kapitalistische controlestaat, waarin de burger niet langer subject is, maar een object dat eindeloos *genudged* en *geneuromarket* dient te worden. Zelfs al is het effect van die beïnvloeding vaak minder groot dan wordt gedacht, het geeft wel aan hoe overheden en bedrijven naar ons kijken.

En *gelijkheid* – wat is het ideaal van gelijkheid nog waard, wanneer op sociaal vlak de ongelijkheid wereldwijd alleen maar toeneemt?

En dan het lastigste begrip van allemaal: wat bedoelen we wanneer we over *broederschap* spreken?

2

Broederschap – ik heb dat altijd de vreemde eend in de bijt gevonden. Omdat broederschap zo lastig te definiëren valt. Wat betekent het? Over de definities van vrijheid en gelijkheid valt ook heel wat te steggelen, maar die begrippen kun je toch vrij gemakkelijk praktisch verwezenlijken.

Vrijheid en gelijkheid zijn idealen die gaan over de relatie tussen het individu en de samenleving, waar hij of zij deel van uitmaakt. Het gaat om recht doen aan het autonome individu dat we willen zijn.

Hoeveel vrijheid wordt je gegund, hoeveel gelijkheid?

Wanneer je denkt dat die idealen in werkelijkheid tekortschieten, kun je protesteren of in opstand komen. Je kunt petities opstellen, een eisenpakket op tafel leggen, het werk stilleggen, demonstreren, regulering afdwingen. Misschien zijn vrijheid en gelijkheid als abstracties niet gemakkelijk te definiëren, maar het is niet moeilijk ze te hanteren in ons bestaan. We *weten* wanneer iemand niet vrij is. We kunnen zien, als we dat willen, wanneer mensen ongelijk worden behandeld.

Maar met broederschap ligt het een stuk ingewikkelder. Dat ideaal gaat over een relatie tussen mensen onderling. Broederschap gaat over de samenleving als gemeenschap, over een betekenisvolle relatie met anderen. Wanneer voelen mensen zich verbroederd of verzusterd? Welke maatstaf leg je daarvoor aan? Bestaat er een index van broederschap?

Hier wordt iets van ons gevraagd dat niet in wetten kan worden vastgelegd of door regelgeving kan worden afgedwongen. En niet van bovenaf kan worden gestuurd. De pogingen om dat wel te doen, zijn steevast op catastrofes uitgelopen.

De denkers die het ontkerstende individu na de dood van God een nieuwe gezamenlijke bedding wilden geven, omdat ze beseften dat een gemeenschap niet uit louter individuen kan bestaan, liepen vaak genoeg in de val van totalitaire verleiding of hysterisch nationalisme.

Denk aan het panslavisme van de grote Dostojevski, waar Doegin met zijn fantasietjes over de Russische ziel de erfgenaam van lijkt te zijn. Denk aan Heideggers antisemitisme en nazisme, Sartres knieval voor het communisme – allemaal kwalijke pogingen om het vrije maar verweesde individu te redden met imaginaire, afgedwongen broederschap.

Steeds opnieuw ontneemt de collectieve identiteit het zicht op de werkelijkheid van anderen, steeds opnieuw ook wordt uit naam van verbroedering de ander miskend en vernederd, opgesloten of afgeslacht.

De eerdergenoemde socioloog Willem Schinkel: 'Mensen die een "wij" claimen, hebben niet zelden onder het mom van saamhorigheid iets gewelddadigs op het oog: een wij dat grenzen heeft, dat denkt volledig te zijn, een natie, een samenleving, iets dat denkt de beknotting van anderen nodig te hebben om dat "wij" te kunnen zijn. Dus vaak als in politieke zin "wij" gezegd wordt, gebeurt er iets smerigs, iets dat het liefst aan het oog onttrokken wordt. Zwarte mensen die op de Middellandse Zee verdrinken, zodat het wij, het witte wij, zich in morele zelfgenoegzaamheid kan wentelen.'

Afgedwongen solidariteit en gemeenschapszin, zowel op links als op rechts, leidt onherroepelijk tot betutteling, morele scherpslijperij, rancune, tweespalt en haat. Altijd, overal. De droom van een homogene, onvervreemdbare en ondeelbare eigenheid leidt tot uitsluiting en vernedering van wie anders is, afwijkt, er niet bij hoort. Mens wordt onmens.

3

Broederschap, wat het ook precies is, laat zich niet opleggen, moet van binnenuit komen. Je moet het zelf *voelen.* Het gaat om een gevoel van verwantschap dat verdergaat dan afstandelijke tolerantie of verdraagzaamheid. Juist dat maakt het zo onzeker, zo fragiel.

Dat is ook de reden waarom veel critici wantrouwig staan tegenover het menselijk vermogen tot empathie om zich met elkaar verbonden te voelen. Hoeveel oprecht gevoel en betrokkenheid kan een mens opbrengen in een geglobaliseerde wereld? Wanneer je emotioneel geraakt wordt door een slachtoffer van onrecht en uitsluiting, gaat dat dan niet ten koste van alle slachtoffers die je over het hoofd ziet? En wanneer wordt meegevoel sentimentaliteit – of pure berekening? Is er niet altijd sprake, zoals de verlichtingsdenkers die David Wootton aanhaalde in ons gesprek dachten, van egoïsme, welbegrepen eigenbelang?

4

Broederschap en broedermoord zijn vanaf het begin der tijden met elkaar verbonden.

Kaïn en Abel zijn de zonen van Adam en Eva, de eerste mensen. Omdat Abel de voorkeur van God lijkt te genieten, aangezien zijn offer aan de Heer wel vlam vatte en dat van zijn broer niet, slaat Kaïn Abel dood, uit pure afgunst en een gevoel van miskenning. Hij denkt dat zijn broer door God wordt voorgetrokken.

Huiveringwekkend is het antwoord van Kaïn wanneer God Abel mist en hem vraagt waar zijn broer is:

'Ben ik mijn broeders hoeder?'

Daar zit het allemaal in – de emotionele lading, het gemak waarmee gevoelens van verwantschap en harmonie kunnen omslaan in nijd, ressentiment, haat en geweld. Broederschap is vanaf het eerste begin ambivalent, beladen, gevaarlijk.

Dat schampere, wegwerpende zinnetje van de eerste broedermoordenaar in onze 'joods-christelijke cultuur' resoneert tot op de dag van vandaag. Met wie voelen we ons verwant? In hoeverre zijn we verantwoordelijk voor elkaar? Wat zijn we elkaar verplicht?

Of vooral, zou ik er nu aan toevoegen, hoe zorgen we ervoor dat we elkaar niet te veel gaan haten?

Kaïns misdaad wordt als extra schokkend ervaren omdat hij een directe bloedverwant vermoordt, puur uit afgunst, jaloezie. Er waren in die vroeg-Bijbelse tijden nog geen andere mensen, laat staan mensen die vreemden voor elkaar waren op aarde. Dus de vraag wat je aan iemand verplicht bent die niet tot je familie behoort, die een vreemde is, kon nog niet worden gesteld.

5

Het is de vraag waar we nu mee worstelen. In zijn populaire geschiedenis van de mensheid, *Sapiens* (2014), haalt de Israelische historicus Yuval Noah Harari het bekende onderzoek aan waaruit blijkt dat mensen goed in staat zijn samen te werken in klein verband, zolang ze onderdeel uitmaken van dezelfde, overzichtelijke gemeenschap. Wetenschappers stellen de kritieke grens op ongeveer 150 personen. Wanneer er in grote groepen moet worden samengewerkt, heb je een gemeenschappelijk verhaal nodig, een verbindende mythe. Wanneer mensen die elkaar niet kennen een gemeenschappelijk doel hebben, in hetzelfde geloven, zijn ze in staat samen iets tot stand te brengen, een gemeenschap te vormen, gemeenschappelijke waarden te delen. Op de lange termijn ontstaat er dan cultuur, gedeelde eigenheid.

De relatie tussen mensen die elkaar niet kennen moet dus verbeeld worden. Het is een constructie.

Dat kan een 'identiteit' van een bepaalde groep zijn, van een natie of van een Verenigd Europa. Of een ideaal van saamhorigheid, een gedeeld streven naar rechtvaardigheid.

6

Dat gedeelde verhaal tussen mensen kan sterk of zwak zijn, uitgesproken of onuitgesproken. In het Nederland van de jaren negentig ging het vaak genoeg over de vraag of Nederland eigenlijk wel een nationale identiteit had. Dat was toen een heerlijk vrijblijvende vraag, omdat een uitgesproken nationale trots, vlagvertoon en nationalisme niet erg bij onze egalitaire en protestantse cultuur leken te horen. Meestal werd er dan ergens geroepen dat Nederlanders best wel nationalistisch waren – kijk maar naar het voetbal – maar er gewoon niet voor uitkwamen. Veel verder kwam zo'n discussie niet. Daarna ging iedereen weer rustig door met zijn leven.

7

Dat is nu bijna niet meer voor te stellen. Nationale identiteit is in Nederland, net als in zo veel andere landen, de afgelopen twee decennia een almaar heter hangijzer geworden. Politici pleiten voor het zingen van het volkslied op scholen. Er moest en zou een Nederlandse vlag in het Nederlandse parlement komen. Partijen ligt het woord 'Nederland' in de mond bestorven – trots op Nederland, een verhaal voor Nederland, een idee van Nederland.

Symbolen van nationale cultuur, zoals Zwarte Piet of de standbeelden en straatnamen van Nederlandse zeehelden, zijn brandpunt geworden van een verbeten en aanhoudende cultuurstrijd. Waar de een het gevoel heeft dat het moment daar is voor kinderen of kleinkinderen van immigranten om een vaste plaats op te eisen, heeft de ander juist het gevoel dat hem iets wordt afgenomen. Het idee van inclusiviteit botst hard met het idee van eigenheid.

Dat die groeiende obsessie met nationale identiteit en 'onze cultuur' niets te maken heeft met een stevig nieuw bewustzijn, zoals het wel wordt voorgesteld door degenen die zich 'patriotten' wanen, maar juist met een ernstige crisis in het zelfbeeld, is inmiddels wel duidelijk.

Volgens de Franse socioloog Nathalie Heinich, die ik eind 2018 in Parijs sprak, bestáát er helemaal geen identiteit zonder een identiteitscrisis. Pas als je geconfronteerd wordt met iemand die niet meteen op je lijkt, qua uiterlijk of qua achtergrond of opvatting of geloof, ga je je afvragen wie je zélf eigenlijk bent. En vaak genoeg ga je je identiteit verharden en je verenigen met mensen met wie je verwantschap en gelijkenis meent te voelen.

Dingen over jezelf en je omgeving, je stad, je land, waar je vroeger vrijwel nooit over nadacht, worden ineens erg belangrijk.

Heinich: 'Als je honderd jaar geleden in een klein plaatsje woonde waar je steeds dezelfde mensen zag, waar relaties nauwelijks veranderden en het buitenland ver weg was, dan hield je je nauwelijks met je identiteit bezig. De crisis begint wanneer je vreemden tegenover je vindt en je afvraagt wat die van jou vinden.'

Een gevolg van deze identiteitsschok is dat je steeds meer geneigd bent jezelf niet meer te zien als individu, maar als lid van een collectief, een groep.

Heinich: 'Tegenwoordig wordt identiteit steeds meer gezien als assimilatie met een groep. Men ziet zichzelf als deel van een collectief, een gemeenschap, in plaats van als individu, een eigen ik, iemand met een naam, een lichaam. Wanneer het over nationale identiteit gaat, heeft dat natuurlijk te maken met het feit dat men steeds vaker mensen tegenover zich vindt die een andere oorsprong hebben, niet Frans of Nederlands zijn. Dan is het niet verrassend dat men zich bezig gaat houden met wat dan precies Frans is, of Nederlands.'

Achter die vlag, die trots, die nationale identiteit, de angst ons 'mooie landje' kwijt te raken, gaat grote onzekerheid schuil. Juist omdat we de groep hebben opgezocht, een gezamenlijk idee van nieuw hervonden identiteitsbeleving, voelen we ons ook persoonlijk geraakt wanneer er kwesties spelen die aan ons gevoel van eigenheid raken – zoals in het Zwarte Piet-debat.

Dat verklaart het soort polarisatie van onze tijd, waarom men zich aangesproken en diep gekwetst kan voelen door iets in het nieuws, een bericht in de krant, een filmpje in je tijdlijn. Juist omdat je je identiteit met een groep of een overtuiging hebt verbonden, word je *persoonlijk* geraakt wanneer er iets aan de hand is met die groep of overtuiging.

Het is een aanslag op je gevoel van eigenwaarde. Tussen wie je bent en wat je vindt zit dan geen ruimte meer.

Wanneer je persoonlijke identiteit assimileert met die van een groep, ga je de ander ook steeds meer als een vertegenwoordiger van iets zien, meestal van een vijandige groep, een bedreiging.

Tijdens de lange aanloop naar Brexit werd Britse bejaarden die een cruise gingen maken, volgens een bericht in de sociale media, op het hart gedrukt niet tegenover elkaar over Brexit te beginnen. Tijdens eerdere cruises waren vakantievierende *pensionados* vanwege Brexit met elkaar op de vuist gegaan.

Dat geeft het ideaal van broederschap een wrange lading: binnen de eigen groep of clan wordt een hartstochtelijke solidariteit beleefd. Men vereenzelvigt zich met elkaar, niet vanwege een persoonlijke, individuele sympathie, maar via gedeelde opvattingen. Buiten de groep is het een en al vermeende verdwazing, bedreiging en vijandigheid.

Die gespletenheid is precies de reden waarom oproepen voor meer saamhorigheid, pleidooien voor wederzijds begrip en een besef van onze gedeelde menselijkheid, meestal rond de feestdagen, steeds bijval oogsten, maar in werkelijkheid geen effect sorteren.

Immers: je hebt je wezen verbonden met een groep, een clan om houvast te zoeken tegen het andere, het vermeend vijandige – dus je zou wel gek zijn dat los te laten. Je in een ander verplaatsen, andere gezichtspunten toe te laten, wordt dan moeilijk, misschien wel onmogelijk, omdat je de grond onder je voeten dreigt te verliezen.

8

Ergens in de tweede helft van de jaren tachtig vertelde de Nederlandse schrijver Frans Kellendonk (1951-1990) in een interview waarom hij niet in de multiculturele samenleving geloofde.

In die tijd was dat nog vloeken in de kerk.

Zijn voornaamste reden was, anders dan we nu zouden verwachten, niet dat verschillende culturen niet tot elkaar zouden kunnen komen. Dat kon best volgens hem. Zijn angst was dat het voor de meesten van ons gewoon een te grote opgave zou zijn.

Wat maakt het zo moeilijk om verwantschap voor de ander te voelen? Het is angst, zegt Kellendonk. Geen angst voor de ander, maar in de eerste plaats angst voor iets in onszelf.

De angst voor zelfverlies.

Racisme, stelde hij, komt voort uit distinctiedrift, de neiging in de mens om zich van anderen te onderscheiden, zich superieur te voelen. Maar, zegt hij, het 'is ook angst voor de liefde, angst om samen te smelten, om jezelf te verliezen. De behoefte om zich van de anderen te onderscheiden is de mens ingebakken. Daarom geloof ik ook niet in de multiculturele samenleving.'

Leg eens uit, vraagt de interviewer.

'Met verdraagzaamheid alleen ben je er nog lang niet. Dat is alleen een negatieve voorwaarde om tot saamhorigheid te komen. Waar het op aankomt is dat je mensen van andere culturen echt leert begrijpen en dat is hondsmoeilijk. Daarvoor moet je diepe dalen en hoge bergen over, en ik betwijfel of iedereen daarvoor wel de kracht kan opbrengen.'

Het zijn woorden van meer dan dertig jaar geleden. In die tijd was de strijd der identiteiten nog niet losgebarsten, het hedendaags nationaalpopulisme zat nog in het ei. Het was ook een tijd waarin de levensvatbaarheid van de multiculturele samenleving alleen betwist werd in duistere uithoeken van de politiek.

Kellendonk heeft een te statisch beeld van wat cultuur is, vind ik. Alsof culturen zelf niet voortdurend aan verandering onderhevig zijn, veranderingen die hun beslag krijgen in opeenvolgende generaties. Bovendien lijkt hij ervan uit te gaan dat cultuur het individu *volledig* bepaalt, wat net zo rigide is als de notie dat afkomst en cultuur *geen enkele* rol spelen in het leven van individuen. In de praktijk hebben nieuwe generaties zich wel degelijk samengesmolten, zonder een al te grote angst voor zelfverlies.

Maar gemakkelijk is dat vaak niet geweest en de twijfels van Kellendonk over het vermogen van veel mensen om echt werk te maken van broederschap over de grenzen van de eigen groep heen, zijn niet onzinnig gebleken. Je hoeft maar even op Twitter of Facebook te kijken, de tv aan te zetten of een krant open te slaan om te zien dat dat inderdaad het geval is: veel mensen doen weinig of geen moeite om elkaar te leren begrijpen.

Of ze er de kracht niet voor hebben, of dat ze er domweg geen zin in hebben – daarover kun je twisten.

Het gaat hier niet om absolute aantallen; veel mensen zullen in hun leven met anderen een betrekkelijke harmonie ervaren. In een tijd van polarisatie wordt vaak de gematigde meerderheid aangeroepen, die er geen extreme opvattingen op na zou houden, en tolerant zou zijn. Maar de constatering dat juist die groep zich niet laat horen, of over het hoofd wordt gezien, zegt het eigenlijk al: men heeft geen verhaal.

Het verhaal, het discours, of de 'mythe' om met Harari te spreken, om die alledaagse gematigdheid, die beleefde harmonie vorm te geven in een pluriforme samenleving ontbreekt nagenoeg geheel.

Het proces van polarisatie waar Pomerantsev het over heeft, versterkt het wantrouwen, vergroot verschillen uit, jaagt tegenstellingen aan. Die breuklijnen lopen in de samenleving niet alleen langs etnische en culturele lijnen, zoals Kellendonk het in dat interview nog voorstelde, maar inmiddels ook langs geografische en economische lijnen. Wit tegenover zwart, moslim tegenover ongelovige, stad tegen platteland, oud tegen jong, kosmopoliet tegen nationalist.

We leven in een verkavelde wereld, waarin steeds meer mensen zichzelf definiëren op basis van één enkele verwantschap, die zich markeert door zich af te zetten tegen andere groepen. Het is de reactie die Nathalie Heinich beschrijft: juist uit angst voor verwarring en zelfverlies klamp je je nog stevig vast aan iets wat buiten jezelf ligt en toch van jou is. Identiteit.

Identiteit is dan niet langer een houvast om beter met de grote wereld om te gaan, het is heel de wereld geworden. Alles wat je eraan herinnert dat er andere werelden zijn, feiten en opvattingen die de wereld in een ander licht zetten, worden als leugens of als een regelrechte bedreiging opgevat.

9

Dit had Frans Kellendonk goed voorspeld: veel mensen vinden dat de opgave waar hij over sprak niet alleen hondsmoeilijk is, maar domweg onmogelijk. Of zelfs dat het ideaal van 'samensmelten', broederschap in een pluriforme samenleving, een gevaarlijke dwaalleer is geweest.

Het idee dat mensen met een verschillende achtergrond, sociaal, cultureel of etnisch, gedoemd zijn onverschillig langs elkaar heen te leven in wederzijds onbegrip of, erger, geneigd zijn elkaar met wantrouwen tegemoet te treden of elkaar de hersens in te slaan, heeft in de afgelopen jaren school gemaakt.

Denk aan de terloopse opmerkingen die minister van Buitenlandse Zaken Stef Blok maakte in de zomer van 2018, tijdens een besloten bijeenkomst in Den Haag voor Nederlanders die werken bij buitenlandse organisaties. Juist omdat hij zich in een informele setting waande, provoceerde Blok er onbekommerd op los.

'Noem mij een voorbeeld,' zei hij, 'van een multi-etnische of multiculturele samenleving, waar de oorspronkelijke bevolking nog woont [...] en waar een vreedzaam samenlevingsverband is. Ik ken het niet.'

Het was onduidelijk wat Blok precies met 'vreedzaam' bedoelde, maar wel was duidelijk dat hij de noodzaak om vreedzaam samen te leven als een onmogelijke opgave beschouwde. Ook in Nederland kennelijk, dat immers aan zijn definitie beantwoordt.

Blok had ook een verklaring: 'Waarschijnlijk zit ergens diep in onze genen dat we een overzichtelijke groep willen hebben om mee te jagen of om een dorpje te onderhouden. En dat we niet goed in staat zijn om een binding aan te gaan met ons onbekende mensen.'

Het was het schandaaltje van die zomer. Blok moest, wilde hij als minister aanblijven, door het stof. Maar de boodschap was overgekomen. De reacties op zijn uitspraken vielen in twee kampen uiteen: zij die het beschouwden als een belediging van onze eigen multi-etnische samenleving, die, ondanks soms niet onaanzienlijke sociale problemen, overwegend vreedzaam is. En dan werden die uitspraken nota bene niet gedaan door een nationaalpopulist vanaf de rechterflank, maar door een minister die een minister van álle Nederlanders zou moeten zijn.

Een andere groep stelde dat Blok niets anders zei dan wat veel mensen in Nederland dachten. Geert Wilders nodigde hem uit lid te worden van zijn PVV.

Stef Blok heeft die woorden nooit teruggenomen. Hij had het niet moeten zeggen, verklaarde hij achteraf, en als politicus had hij moeten aangeven wat hij eraan zou gaan doen.

Dat heeft hij ook daarna niet gedaan.

Daar wringt het 't meest, denk ik. Wie de opname van de bijeenkomst bekijkt, ziet een man die helemaal niet van plan is er iets aan te doen, hij heeft het veel te druk met genieten van zijn provocatie, de manier waarop hij het naïeve idealisme van zijn toehoorders denkt te kunnen demonteren.

Mensen die geloven in ons vermogen verwantschap te ontdekken bij mensen die niet op ons lijken, worden meewarig afgedaan als zelfgenoegzame sukkels – kijk naar de wereld zoals ze is! Ons onvermogen om over de grenzen van onze eigen groep te kijken, ons in de beleving van iemand met een andere achtergrond te verplaatsen, is nu niet langer slechts een enorme opgave, zoals Kellendonk ons in de jaren tachtig nog voorhield, het is gewoon onbegonnen werk.

Vanwege onze 'genen'.

Het zit er gewoon niet in.

Vergeet broederschap buiten de eigen groep.

10

Een paar maanden daarna hield Sigrid Kaag, minister voor Buitenlandse Handel en Ontwikkelingssamenwerking, een lezing die als tegenwicht moest gelden van Bloks mijmeringen over de onwrikbare menselijke natuur.

Haar Abel Herzberg-lezing was een gloedvol betoog ter verdediging van het verlichte wereldbeeld, waarin het overstijgen van grenzen als een morele plicht werd voorgesteld. 'Spreken is zilver, zwijgen is goud. Maar niet als het om universele waarden gaat. Niet als het gaat om positie nemen tegen antisemitisme. Tegen xenofobie. Tegen racisme. Wij kunnen grote ideeën met de feiten en idealen bevechten.'

Onbeschroomd keerde Kaag zich tegen de nieuwe, verbeten groepsgeest: 'Het tribale identiteitsdenken wint terrein.'

Voor menig commentator was het een verademing dat de idealen van de Verlichting eindelijk zo'n welbespraakte pleitbezorger kregen, in een almaar duisterder wordende wereld. Een minister uit een weinig opwindend kabinet houdt een vlammend betoog waarvan het uitgangspunt is dat we vooral niet moeten zwijgen over de gure wind van het nieuwe nationalisme en gesloten identiteitsdenken, dat we niet moeten aarzelen onze stem te verheffen.

Alleen liet Kaag na de positie van Blok te onderzoeken. Dat is een gemiste kans, omdat, zoals her en der werd vastgesteld toen zijn woorden schandaal wekten, heel veel mensen er net zo over denken als hij.

Want waar komt dat opkomend tribalisme dan vandaan? Wat veroorzaakt het? Kaag constateert, net als Pomerantsev, dat de idealen van de Verlichting onder vuur liggen, stelt dat we daar vooral niet over moeten zwijgen, het niet zomaar moeten laten gebeuren. Verder dan dat komt zij niet.

Ik sta stil bij de uitingen van deze twee hedendaagse Nederlandse politici, omdat ze een mooie illustratie zijn van de twee posities over het groeps- en identiteitsdenken, twee posities die steeds onverzoenlijker tegenover elkaar komen te staan.

De positie van Stef Blok drukt de desillusie met de idealen van de Verlichting uit, het besef dat de multiculturele samenleving een illusie was, dat de mens niet in staat is vreedzaam met anderen dan mensen uit zijn groep samen te leven, zodat immigratie vooral veel sociale ellende oplevert.

En dat, dat mag ik niet vergeten, het ideaal alleen nog maar beleden wordt door mensen die zelf de sociale problemen van immigratie niet hoeven te ondergaan. Het is een vorm van elitekritiek zoals ik beschreef, zij het uit de mond van een lid van de bestuurlijke elite zelf.

Blok: 'Je loopt vrij snel tegen de grenzen aan van wat een samenleving kan hebben. Vandaar dat ik ook zeg: ik begrijp de mensen in Amsterdam-West en in de Schilderswijk. Want als je in Benoordenhout woont, is het hartstikke leuk om op zondag naar de Turkse bakker te gaan. Je hebt ook geen last van een aantal bijeffecten. Maar als je er middenin woont, heb je enorm last.'

Onze elite, zegt Blok, kan zich zijn mooie idealen permitteren. De rest zit er maar mee.

Kaag zegt dat we onze stem moeten verheffen tegen de aanval op het universalisme, tegen agressief groepsdenken en heroplevend racisme. Wat voor stem is dat? Kaag: 'De stem van redelijkheid, respect en tolerantie zal altijd als tegengeluid moeten worden gehoord.'

Redelijkheid, respect en tolerantie – wie kan daartegen zijn, wie wil daar niet in geloven? Maar is het voldoende? Of beter: wat betekenen die woorden precies in de praktijk? Is het voldoende om Stef Blok, en de velen die zijn zwelgende gevoel van desillusie delen, die hun toevlucht hebben gezocht in het tribale denken als houvast, als harnas, op andere gedachten te brengen?

11

Het is niet zo'n grote stap van de waarschuwing van Kellendonk naar de ballerige zelfgenoegzaamheid van Stef Blok – en ook niet naar het wrokkige nationalisme van Orbán en zijn Europese en Amerikaanse extreemrechtse geestverwanten, naar de antiwesterse, ultraorthodoxe of radicale islam. Wat eerst nog een hele opgave heet te zijn, wordt vervolgens tot onmogelijk verklaard – en daarna tot onwenselijk en bedreigend.

Ons tegengestelde mens- en wereldbeeld, onze cultuur, onze tradities sluiten elkaar uit.

Wanneer het over het nationaalpopulisme als politieke stroming gaat, worden vaak sussende woorden gesproken; het zal zo'n vaart niet lopen, het is vooral retoriek, ze komen zelden boven de 15 procent uit, het redelijke midden zal veel sterker blijken. Iedere verloren verkiezing of meevaller ten opzichte van de polls wordt uitgelegd als een bewijs dat het hier om een jammerlijk verschijnsel gaat, maar dat te overzien is.

Maar een man als Stef Blok is geen nationaalpopulist en

toch liggen zijn opvattingen geheel in de lijn van de nieuwrechtse identiteitspolitiek. Wijdverbreid lesmateriaal voor islamitisch jongvolwassenen in Nederland draagt de leerlingen op geen 'kleding van ongelovigen' te dragen. De stem voor Brexit en de verkiezing van Donald Trump komen voort uit dezelfde opvattingen, en de burgers die ervoor gekozen hebben, blijken ondanks alle rumoer verbazingwekkend standvastig in hun overtuiging. Hun manier van kijken blijkt bestendig, tegen alle tegenspraak en cijfers en onthullingen over gesjoemel en corruptie in.

12

Het verlichtingsproject, kun je zeggen, heeft zich in zijn eigen voet geschoten. Juist nieuwe kennis over onze biologie heeft ons laten zien dat wij allesbehalve rationele wezens zijn, dat wij vaak impulsief denken, veel te snel ons oordeel klaar hebben en propvol vooroordelen zitten. We zijn geneigd het eens te zijn met degenen met wie we ons verwant voelen en fel van leer te trekken wanneer onze vijanden precies hetzelfde beweren. We buigen de waarheid om naar onze overtuigingen – en juist omdat we dat weten, kunnen we anderen exploiteren, sturen, opjutten, om er geld aan te verdienen of om hen voor ons politieke karretje te spannen.

De Verlichting heeft ons, kortom, geleerd hoe weinig verlicht we van nature zijn. Politici, marketeers, reclamemensen en columnisten op zoek naar een verdienmodel weten die kennis te misbruiken.

Het idee dat de mensheid zich zal verenigen op rationele gronden, dat we elkaar blijvend kunnen vinden in een gevoel van gedeelde menselijkheid, lijkt ontmaskerd als een te rooskleurige illusie.

Het is niet voor niets dat het ideaal van geïnstitutionaliseerde broederlijkheid zo'n hoge vlucht nam na de verschrikkingen van de Tweede Wereldoorlog – we hadden te diep in de afgrond gestaard, gezien waartoe het tribale en raciale denken kon leiden. We waren vast van plan het voorgoed achter ons te laten. Verlicht als we onszelf waanden, sloten we zelfgenoegzaam onze ogen voor onze eigen ambivalenties.

De reactie daartegen is nu volop gaande. De borreltafelpraat van Stef Blok is er een uiting van. De taal die Sigrid Kaag daartegenover zet is abstract, vaag, en ook wel zelfgenoegzaam, omdat ze haar eigen ambivalenties ontkent.

Beiden drukken emoties uit, maar het zijn emoties die elkaar niet verstaan, die recht tegenover elkaar zijn komen te staan, allebei met de pretentie van hogere kennis, dieper inzicht, zonder een discussie aan te gaan, redelijk of fel.

Beiden zien elkaar als vertegenwoordiger van het kwaad, als de vijand.

Beiden zien zichzelf als vertegenwoordiger van de rede, tegenover verdwaasde emotie.

13

Identiteit is poreus. De socioloog Nathalie Heinich zegt terecht dat er heus zoiets bestaat als een nationale cultuur, maar dat die tegelijk dynamisch en open is, voortdurend aan verandering onderhevig en aan invloeden van buitenaf. Het is een constructie, zeker, net zoals 'Notre-Dame' een constructie is.

Constructies zijn producten van onze verbeelding, maar ze zijn ook *echt*, geen verzinsels die je als leugens kunt ontmaskeren en ongeldig verklaren, enkel door erop te wijzen dat het om constructies gaat.

Zoals opgemerkt in de kwestie van de 'racistische' banaan is iets wat verzonnen is, wat bestaat uit louter beeld en associatie, vaak bepalend in ons leven.

Maar een beeld kan wel *veranderen*.

Wij zijn het die betekenis geven. Die betekenis, hoe graag je het ook zou willen, geeft nooit blijvend houvast.

14

We hebben beelden, constructies, nodig om te kunnen leven.

Wanneer we bijvoorbeeld naar een dier kijken, een kat, een hond, projecteren we beelden op dat dier, omdat we nu eenmaal niet in zijn hoofd kunnen kijken, niet kunnen voelen wat hij voelt. Het gevaar bestaat dat we het dier te veel 'vermenselijken', het eigenschappen en emoties toedichten waarvan we niet kunnen weten of die wel reëel zijn, of het beeld dat we ons van het dier maken wel klopt met wat we feitelijk over dat dier kunnen weten.

Maar ook wanneer we de feiten paraat hebben, *interpreteren* we nog altijd. We weten bijvoorbeeld niet zeker of het dier een bewustzijn heeft dat lijkt op het onze. Of *waarom* hij de dingen doet die hij doet.

Los daarvan, wie een huisdier neemt, ziet het dier niet als biologische entiteit of studieobject, maar koestert het vanwege emoties die niet in de eerste plaats 'rationeel' zijn. Wie een dier een naam geeft, projecteert iets van zichzelf op het dier. Onze dieren zijn personages in een verhaal, een verhaal dat we grotendeels zelf verzinnen.

We kunnen en willen niet anders.

Maar als het verhaal te bepalend wordt, tast het de autonomie van het dier aan. Ik verafschuw filmpjes van katten en honden met zonnebrillen of hoedjes, of die tot een rollenspel worden gedwongen wat ze op komische mensjes doet lijken. Daar doet onze verbeelding het dier geweld aan. We maken het overduidelijk tot iets wat het dier van zichzelf niet is.

Het beeld van de werkelijkheid is te dwingend, oneigenlijk, te bepalend, een vorm van reductie.

Verbeelding wordt *inbeelding*.

We interpreteren altijd de werkelijkheid, construeren de werkelijkheid, door middel van beeld, metafoor. Zonder dat heeft het leven zin noch betekenis. Zo gezien is alles in ons leven een 'constructie'. Racisme is een constructie, maar wie het bestrijdt, bedient zich net zo goed van beelden en 'constructies' over rechtvaardigheid en gelijkwaardigheid. We scheppen een eindeloze stroom beelden van de werkelijkheid.

Zelfs ons 'ik', ons zelfbeeld, is geconstrueerd. Volgens hersenwetenschappers bestaat wat zich in ons hoofd afspeelt louter uit neurologische processen; het is ons ongrijpbare bewustzijn dat er een verhaal van maakt, dat mij vertelt dat de tienjarige jongen die ik was dezelfde persoonlijkheid heeft als mijn latere ik. Ik heb een verhaal van mijzelf gemaakt, dat vaak overeenkomt met aantoonbare feiten, maar ook heel veel feiten weglaat, of vrij 'interpreteert'.

De wetenschappelijke kennis van het zelf als een construct maakt ons meer bewust van wie we zijn als biologische wezens, maar ons bewustzijn verandert er niet wezenlijk door: ik zie mezelf nog altijd als iemand uit één stuk, ook al 'weet' ik dat dat een illusie is – een constructie. Ik ben er diep in mijn hart van overtuigd dat het jongetje dat ik was wezenlijk dezelfde is als de man die ik ben geworden. Mijn leven is een verhaal; een verhaal dat weliswaar aan veranderingen onderhevig is, dat ik telkens weer anders vertel, waarin ik andere accenten leg, maar dat in mijn beleving toch redelijk consistent is.

Kennis van mijn biologische wezen heeft, zover ik kan nagaan, de blik op mijzelf nauwelijks of niet veranderd.

15

Altijd bestaat het gevaar dat het beeld tussen ons en de werkelijkheid komt te staan, dat het beeld onze ervaring van de werkelijkheid niet verdiept, geen inzicht verschaft, of zelfs de werkelijkheid volledig negeert.

Dat beeld en inbeelding samenvallen.

Een mooi voorbeeld, even komisch als wrang, is de beruchte tweet die de voorzitter van de Eerste Kamerfractie van de PVV, Marjolein Faber, in oktober 2019 plaatste naar aanleiding van een aanval met een mes door een gestoorde man op een terras in Groningen.

Volgens Faber ging het om een man met een 'Noord-Afrikaans' uiterlijk – als ze daar niet van overtuigd was geweest, had ze vast geen tweet over het incident geplaatst, want dan was het geen bevestiging van haar denkbeelden geweest. Maar twee slachtoffers van de aanval spraken dat 'Noord-Afrikaans' tegen – het ging volgens hen om een witte man met grijs krullend haar. Ook de politie bevestigde het, maar Faber weigerde haar tweet te verwijderen en te rectificeren.

Door een journalist geconfronteerd met de getuigenis van een van de slachtoffers en de verklaring van de politie hield ze voet bij stuk.

'Mijn tweet klopt.'

16

Toen ik me een paar jaar geleden verdiepte in de erfenis van de drie grote vrijheidsstrijders van de twintigste eeuw, Mahatma Gandhi, Martin Luther King en Nelson Mandela, stuitte ik in een biografie van King op iets waarvan ik spontaan in de lach schoot. De mensenrechtenadvocaat Burke Marshall, die in de jaren van de Amerikaanse burgerrechtenbeweging voor het ministerie van Justitie werkte, had aan de muur van zijn kantoor een parafrase van Mattheus 5:9 ingelijst. Van het zalvende *Blessed are the peacemakers, for they shall be called children of God* – een citaat uit de Bergrede – had de advocaat iets heel anders gemaakt. Namelijk: *Blessed are the peacemakers, for they shall catch hell from both sides.*

Ik moest lachen, vooral omdat het zo waar was. Vredestichters, mensen die het wagen hun hand uit te steken naar de gehate vijand, die de oversteek naar het andere kamp wagen, krijgen het in de regel van twee kanten hard te verduren – hij of zij wordt vrijwel altijd door beide partijen met de grootste afkeer bekeken. De vredestichter wordt vaak eerder als verrader gezien – hij doorbreekt de orde, breekt los uit zijn eigen kamp, hij verstoort de cyclus van wederzijds wantrouwen, woede en geweld, en juist dat wordt hem door alle partijen niet in dank afgenomen.

Iedereen wil vrede, iedereen wil verbinding, totdat iemand er echt werk van gaat maken. Want afkeer en haat zijn comfortabel, geven houvast en zekerheid, delen de wereld helder in, in goed en kwaad.

Wie die heldere scheidslijnen eigenhandig negeert, neemt de strijdende partijen ook iets van hun *waardigheid* af – en maakt ze bovendien beschaamd over hun eigen onverzoenlijke gedrag.

Hun woede geeft hun leven immers ook betekenis. En niet alleen hun eigen leven, maar ook dat van degenen die eerder hun leven gaven voor de strijd. Vrede stopt het gehate bloedvergieten, maar het doet ook overtuigingen wankelen. Onwillekeurig wordt de uiterst pijnlijke vraag gesteld of alle haat, al het bloedvergieten wel *zin* heeft gehad.

De vredestichter mag dan een kind van God genoemd worden, meestal wordt hij eerst nog heel veel andere dingen genoemd. Mensen hun gekoesterde vijandsbeeld afnemen is voldoende om hen je hartgrondig te doen haten.

17

Zelf leerde ik die les een flink aantal jaren geleden, toen ik in Belfast deelnam aan een bijzondere rondleiding. Ex-veroordeelden van de jarenlange gewapende strijd tussen protestanten en katholieken leidden groepen toeristen rond in die nog altijd verdeelde stad. Aan de katholieke zijde leidde een lid van de IRA, die was vrijgelaten na de ondertekening van het Goedevrijdagakkoord uit 1998, ons rond in zijn buurt – aan het eind van de rondleiding zou hij ons overdragen aan een voormalige vijand aan de andere zijde, die zijn kant van het verhaal mocht vertellen. De twee wijken in dat deel van Belfast waren nog altijd gescheiden door een hoge muur, met aan weerszijden vangnetten om de huizen te beschermen tegen projectielen.

In het begin was ik blij verrast door het initiatief. Wat mooi dat eens gezworen vijanden het nu konden opbrengen om samen een groep toeristen rond te leiden door de stad waar ze elkaar decennialang op de meest bloederig denkbare manier naar het leven hadden gestaan. Wat een grootse manier om de strijdbijl te begraven. De IRA-man vond het zelf ook prachtig, zei hij. We hoefden het ook niet met hem eens te zijn, zei hij vooraf – en we mochten zo kritisch zijn als we wilden. Vervolgens leidde hij ons langs tal van plekken waar aanslagen waren gepleegd. Van de gezinnen die omgekomen waren kende hij alle namen. Iedere plek die hij liet zien, zo leek het, had een geschiedenis van haat en bruut geweld.

Ook dat maakte aanvankelijk grote indruk op mij – wat mooi dat de slachtoffers niet vergeten waren.

Maar na de zoveelste *Garden of Remembrance* voor gevallen IRA-soldaten, na de zoveelste gedenksteen of muurschildering, begon ik me ongemakkelijk te voelen. Hoeveel geschiedenis kan een mens verdragen? Steeds meer kreeg ik het gevoel dat wij, toeristen, passanten, de herinnering aan de bloedige terreur moesten *legitimeren*. De ex-gedetineerde, die zelf bloed aan zijn handen had, had *ons* nodig voor het behoud van zijn eigenwaarde. Door ons zijn verhaal te vertellen, door alle doden en plekken van herinnering aan ons te laten zien, zou zijn verleden – en dat van zijn medestrijders – zijn betekenis behouden. Dat zijn gehate vijand aan de andere kant van de muur vervolgens hetzelfde mocht doen, nam hij daarbij op de koop toe; ze maakten *samen* immers deel uit van hetzelfde verhaal, het verhaal dat hun bestaan legitimeerde, het verhaal dat niet vergeten mocht worden. Het was hun identiteit.

Van werkelijke vrede leek me geen sprake. Er werd niet langer gevochten, er werden geen cafés meer bestookt met brandbommen, geen stadsbussen meer opgeblazen, zeker – maar van verzoening met de voormalige vijand leek me geen sprake.

Onze gids had gezegd dat we hem alles mochten vragen, dus kon ik me niet inhouden. 'Heeft het zin,' vroeg ik hem, 'je zo aan het verleden vast te klampen? Krijgen wonden de kans om te helen, is het mogelijk om de vijand nader te komen, wanneer de gruwelen uit het verleden eindeloos in herinnering gebracht worden?'

Nadat ik mijn vraag gesteld had, draaide de man zich om en liep zonder iets te zeggen weg. De rest van de rondleiding negeerde hij me. Later gaf hij ons over aan zijn protestante tegenhanger. Tijdens de overdracht keken de twee mannen elkaar nog geen seconde aan.

18

Die middag in Belfast leerde mij zo veel dingen. Ten eerste dat de vrede in Noord-Ierland fragiel is. De claustrofobische sfeer in de verdeelde wijken, de muur die de protestanten van de katholieken scheidde, de koude vijandschap tussen de twee gidsen – alles wees erop dat men het verleden niet echt achter zich had gelaten. Men was blij met de vrede, blij dat het bloedvergieten gestopt was, blij dat de cyclus van oog om oog, tand om tand was doorbroken – maar men was niet blij met *elkaar*.

De blik was niet veranderd.

Dat de IRA-man zich bruusk van mij afkeerde na mijn vraag, leerde mij dat hij liever had dat ik hem had uitgescholden, hem had uitgemaakt voor moordenaar of terrorist, dan dat ik zijn gedweep met het verleden expliciet in twijfel trok. Dat laatste was onverdraaglijk, want het trok het tapijt onder zijn bestaan weg. Dat toelaten zou het beeld dat hij had van zichzelf, van zijn verleden, zijn afkomst, zijn geloof, onherroepelijk veranderen.

Die herinnering maakt dat ik de wrange grap van mensenrechtenadvocaat Burke Marshall zo kan waarderen. Als ik eerlijk ben: ik vind hem beter dan het origineel.

Omdat de woorden van Jezus in zijn Bergrede gemakkelijk zelfgenoegzaam gebruikt kunnen worden.

‘Gelukkig de vredestichters, want zij zullen kinderen van God genoemd worden.’

Dat is een geruststellende mantra. Wie knikt er niet instemmend als hij het hoort? Het doet me aan de welluidende zinnen van Sigrid Kaag denken.

Het eerste deel van Jezus' Bergrede kun je lezen, ook, of misschien juist, als je niet christelijk bent, als een radicaal pleidooi voor de menselijke *ervaring*. Alle dingen die een mens van nature het liefst zou vermijden, pijn, verdriet, honger, vervolging, het mikpunt zijn van hoon en spot, worden hier in een onverwacht positief licht gezet.

Alles waar een mens voor terugschrikt, moet hij, zo wordt ons voorgehouden, juist opzoeken. Juist de ervaringen die ons het meest pijn doen en ons ongelukkig zouden moeten maken, *zijn de ervaringen die ertoe doen*, die ons bewust maken en ons in staat stellen inzicht in onszelf en het leven te krijgen. Niet dat ze ons niet kunnen beschadigen, ons leven lang pijn kunnen blijven doen. Maar het is niet zo dat ze daarom niet van waarde zijn. Integendeel, vaak blijken ze het meest waardevol in ons leven.

Wat me niet doodt, maakt me sterker, zoals Nietzsche schrijft.

Hetzelfde geldt voor eigenschappen en gedrag die maatschappelijk als zwak en pijnlijk worden gezien – bescheidenheid, nederigheid, gebrek aan geldingsdrang, ook hier spoort Jezus in zijn rede zijn gehoor aan die radicaal anders te waarderen.

Het probleem met zulke boodschappen is dat ze ondanks hun radicale inzet zo gauw zoetsappig worden. Ik bedoel dat ze met de mond worden beleden, dat ze wanneer uitgesproken telkens op beleefd applaus kunnen rekenen, maar geen werkelijke impact hebben op ons gedrag.

Denk aan wat de grote Martin Luther King in een van zijn preken zei, toen hij het over de noodzaak van non-conformisme had. 'Succes, erkenning en conformisme zijn de gevleugelde woorden van de moderne wereld, waarin iedereen lijkt te hunkeren naar de verdovende veiligheid van bij de meerderheid horen.'

Wie laat zich zijn conformisme zomaar afnemen? Juist dat maakt de reactie van conformisten op rebellen vaak zo verbeten, die dan ook een hoge prijs moeten betalen.

King was zich daar als geen ander van bewust: 'De eerlijkheid gebiedt me te zeggen dat [...] non-conformisme, waarvoor altijd een prijs betaald moet worden en dat bepaald niet gerieflijk is, kan betekenen dat je door de vallei van de schaduw van lijden moet gaan, dat je je baan verliest, en dat je zesjarige dochter je vraagt: "Papa, waarom moet je zo vaak naar de gevangenis?"'

Wat King zegt is dat waarlijk non-conformisme nooit gerieflijk is, dat het je zelden of nooit een goed gevoel zal geven.

Het gevaar van de radicale boodschap van Jezus in zijn Bergrede is dat ze zelf *een vorm van conformisme wordt.*

De huidige machthebbers in de Verenigde Staten, India en Zuid-Afrika eren plichtmatig de nagedachtenis van King, Mandela en Gandhi, terwijl ze er ideeën op na houden die rechtstreeks tegen het gedachtegoed van de drie grote mannen ingaan – ideeën die twisten aanwakkeren, de verschillen tussen mensen als onoverbrugbaar voorstellen, die essentialistisch zijn in plaats van universalistisch. Het radicale gedachtegoed van Gandhi, King en Mandela is dan niet alleen ongevaarlijk gemaakt, het wordt ook misbruikt om een volkomen tegengestelde boodschap verteerbaar te maken. Men bewijst braaf lippendienst aan een radicaal gedachtegoed en gaat vervolgens zijn eigen slechte gang.

19

Het gevaar van het humanisme is dat het geneigd is de mens als een abstractie te zien. Geen individu, met al zijn mooie en lastige eigenschappen, maar de Mens. Of de Ander – de wezenloze entiteit waartegen Joseph de Maistre en zijn conservatieve navolgers zich keren.

Op een abstract niveau is het niet moeilijk zich in die ander te verplaatsen, hem een al even abstracte hand te reiken. De vluchteling. De zwerver. De immigrant. Maar in de praktijk blijkt het dan wel degelijk om individuen te gaan, met hun specifieke opvattingen en problemen. De blijmoedige omarming van onze gedeelde menselijkheid blijkt in de praktijk altijd een stuk ingewikkelder.

De misvatting bestaat hieruit: het feit dat wij allemaal mensen zijn en wel degelijk in de kern niet van elkaar verschillen, betekent nog niet dat er zoiets is als de Mens, dat alle verschillen tussen ons verdwijnen als sneeuw voor de zon zodra we elkaar maar diep in de ogen kijken.

Dat is wat De Maistre bedoelde toen hij schamperde dat hij de Mens nooit had ontmoet.

20

Toen de Duitse bondskanselier Angela Merkel in augustus 2015 haar beroemde uitspraak 'Wir schaffen das!' deed, stak er een storm van kritiek op – geheel in de geest van Joseph de Maistre. Haar woorden werden vooral afgedaan als hopeloos naïef, alsof opvang van een miljoen asielzoekers, vaak getraumatiseerd door oorlogsgruwelen, een fluitje van een cent zou zijn. Dat beeld leek bevestigd te worden door de mensen die blijmoedig de 'welkomcultuur' uitdroegen – we zijn allemaal mensen, de wereld is van iedereen, het is een kwestie van toeval waar je bent geboren.

De uitspraak *Wir schaffen das* werd voor critici niet alleen een toonbeeld van christelijk humanistische naïviteit, maar ook van zelfgenoegzaamheid. Het ging immers om mensen met een specifieke achtergrond, afkomstig uit een islamitisch land waar andere normen en waarden gelden – doen alsof de integratie van zo veel vreemdelingen tegelijk een fluitje van een cent is, was vragen om ongelukken.

Die ongelukken werden alvast in de meest duistere kleuren geschetst, zo donker en zwart dat je er een zekere wellustigheid in vermoedde, alsof men stiekem hoopte dat het hopeloos fout zou gaan. Bij ieder incident dat zich voordeed klonk in de sociale media een luid: zie je wel!

Ik heb dat *Wir schaffen das* van Merkel nooit als een blijk van naïviteit opgevat. Hoewel zij achteraf heeft toegegeven inschattingsfouten gemaakt te hebben en verzuimd heeft zich van voldoende draagvlak te verzekeren, is wat haar betreft nooit sprake geweest van naïviteit.

Zeker, je kunt *Wir schaffen das* opvatten als een blijk van een zelfgenoegzame vorm van naastenliefde, die het ideaal van christelijk altruïsme misbruikt om de elite een goed gevoel over zichzelf te geven, terwijl vooral de onderste lagen van de bevolking met de gevolgen mogen *dealen*. Denk aan de woorden van Stef Blok.

Maar je kunt haar oproep ook anders begrijpen – als een hondsmoeilijke opdracht in naam van de menselijkheid, in het nuchtere besef dat die haar land heel wat bloed, zweet en tranen zou kunnen gaan kosten. Je kunt beseffen dat wat je gaat doen, honderdduizenden vreemdelingen opnemen in je land, ze proberen te integreren in je cultuur en ze een toekomst te bezorgen, een ontzagwekkende taak is, waarvan het succes allerminst verzekerd is, en waar ongetwijfeld een prijs voor betaald moet worden.

En het dan toch doen.

Je weet dat er dingen mis zullen gaan, je weet dat er incidenten en ontsporingen gaan plaatsvinden, juist omdat het om mensen gaat en niet om die abstracte Mens of Vluchteling of Vreemdeling of de Ander, maar gewoon om specifieke individuen die goede en slechte eigenschappen hebben, speelbal van menselijke emoties, net als iedereen, afkomstig uit een andere cultuur.

Wir schaffen das is zo geen blijk van een naïef en zelfgenoegzaam mensbeeld. Het drukt een diepe overtuiging uit. Net als Burke Marshall wist Merkel dat er voor een ideaal altijd een prijs betaald moet worden.

Frans Kellendonk waagde te betwijfelen dat mensen zich werkelijk wilden inspannen om iets wat hondsmoeilijk was voor elkaar te krijgen. Maar in de praktijk bleek dat behoorlijk mee te vallen. Wanneer je erkent dat iets een enorme opgave is, betekent het niet dat het onmogelijk is.

Berichten uit Duitsland geven aan dat het proces van integratie zeker niet zonder slag of stoot verloopt, hier gaat het goed, daar minder, daar slecht – maar ook is duidelijk dat er veel Duitsers zijn, oude en nieuwe Duitsers, die bereid zijn deze enorme krachtsinspanning te leveren. Wie *Wir schaffen das* opvat als een blijk van christelijk-humanistische naïviteit, een fatale knieval van culturele zelfondermijning, wil niet zien dat juist in die *collectieve* inspanning een cultuur, in dit geval de Duitse, zichzelf kan verwezenlijken.

21

De woorden van Jezus in de Bergrede beschouw ik niet als een recept voor een ethisch goed leven, en ook niet als een morele opdracht die ergens in een hiernamaals beloond zal worden met zaligheid. Met goedzijn en goeddoen heeft het weinig te maken.

Ik beschouw die woorden als een *existentiële* aansporing.

Ga in tegen het begrijpelijke verlangen naar wat King de 'verdovende veiligheid' noemt.

Socrates zei dat het leven dat niet onderzocht is niet waard is om geleefd te worden. Jezus, althans zoals ik zijn woorden interpreteer, lijkt te zeggen dat een mens die het zichzelf niet werkelijk moeilijk maakt, niet tegen zijn eigen aandriften durft in te gaan, die zijn eigen opvattingen, zelfs zijn eigen 'identiteit', niet wil bevragen, niet echt een waardevol leven leidt – niet echt mens is, eerder een onmens.

Zelfverlies is een manier om zinvol te kunnen leven, om relaties met anderen aan te gaan, om die felbegeerde gemeenschap te kunnen vormen.

In die extreem tegendraadse betrokkenheid die Jezus in de Bergrede bepleit, ligt dan de echte betekenis van het mens-zijn. Een mens is nooit méér mens dan wanneer hij *zichzelf* geweld aandoet, wanneer hij tegen zijn eigen instincten van veiligheid en zelfbehoud in handelt, wanneer hij zijn natuurlijke streven naar veiligheid, trots en roem eigenhandig onderuithaalt, wanneer hij zijn vijand tegemoetkomt en wanneer hij opzoekt wat hij haat.

Wanneer hij zijn eigen beeld van de wereld aan gruzelementen durft te slaan.

Het andere, het vreemde, dat wat buiten jezelf ligt, is dan niet langer louter gevaarlijk en ondermijnend. Het is noodzaak geworden.

22

Zo'n houding is allesbehalve gemakkelijk, omdat het recht tegen onze instincten ingaat. We zijn er van nature slecht toe uitgerust. Het wij-zij-denken ligt diep in onszelf verankerd, zegt de Amerikaanse bioloog en neurowetenschapper Robert Sapolsky in de documentairereeks *Onbehagen*. Vrijwel ieder mens, een enkele heilige uitgezonderd, maakt onderscheid tussen de groep waartoe hij zelf behoort en groepen die hem vreemd zijn. Het is de distinctiedrift waar Kellendonk over spreekt. Het is de wetenschap waarop Stef Blok zich beroept.

Sapolsky geeft het voorbeeld van witte proefpersonen die razendsnel foto's van gezichten voorgeschoteld krijgen – wanneer ze een zwart gezicht zien zijn meteen tekenen van angst en dreiging meetbaar. Maar, zegt hij, laat dezelfde mensen foto's zien van mensen met petjes van hun favoriete baseballclub en andere mensen met petjes van concurrerende teams, en het onderscheid tussen wij en zij verplaatst zich meteen naar de petjes – huidskleur speelt dan ineens geen rol meer.

Het onderscheid tussen wij en zij, zegt Sapolsky, zit in de mensen gebakken, dat kun je niet ontkennen, maar je kunt het op onschuldige manieren aanmoedigen en op minder onschuldige.

Als je het verschil tussen wij en zij maar vaak genoeg benadrukt, en als onoverkomelijk voorstelt, ben je al half op weg naar de genocide, verkondigt de Amerikaanse bioloog. Als we ons hiervan bewust worden, kunnen we niet alleen een hoop ellende voorkomen, denkt hij, we kunnen dat inzicht ook gebruiken om beter met elkaar samen te werken.

Verbeelding. Geen inbeelding.

23

De filosofen van de Verlichting beloofden ons dat de mens zich kon bevrijden van wat zijn autonomie in de weg zat. Godsdienst, dictators, groepsdwang, benauwende gemeenschapsbanden, gaandeweg zouden we in staat worden gesteld onze eigen levens te leiden – naar eigen inzicht. De toekomst was aan het individu. Context, bedding in geschiedenis, cultuur, afkomst, kleur, deed er niet langer toe.

Onze *vrijheid* zou groter worden. Er zou meer *gelijkheid* komen. En dan was wereldwijde *broederschap* nog maar een kwestie van tijd.

Maar die autonomie bleek een illusie. In de twintigste eeuw begrepen filosofen steeds beter dat een mens niet losstaat van zijn omgeving, maar zichzelf verwezenlijkt in de relatie tot zijn omgeving. Het is de manier waarop we de wereld *beleven* die ons vormt, veel meer dan een bewuste ethiek en moraal.

Een mens maakt zijn wereld helemaal niet, dat wordt hem aangepraat, een mens wordt nog altijd grotendeels gemaakt door de wereld, door waar hij geboren is, wie hem opvoedt, wat hij leert en ziet.

Maar het lijkt erop dat we met ons idee van autonomie ook het idee van een gedeelde menselijkheid bij het grofvuil hebben gezet. Steeds vaker wordt ontkend dat alle mensen gelijk en gelijkwaardig zijn. Steeds feller wordt het recht op *ongelijkheid* opgeëist.

De nieuwe verbindende mythes die opkomen gaan zelden over mensen die zichzelf overstijgen om zich met de ander te verbinden – zoals de grote emancipatiebewegingen in de twintigste eeuw bepleitten – maar over verbondenheid tegenover een bedreigende, ondermijnende kracht. De samenleving wordt voorgesteld als gebroken, niet langer een eenheid. Het volk moet weer homogeen worden, we trekken ons terug te midden van mensen zoals 'wij', op basis van sociale klasse, afkomst, politieke overtuiging, geloof, kleur.

Praten met de ander heeft geen zin, er is gewoon geen beginnen aan.

Meestal gaat dat gepaard met diepere impulsen, een romantisch verlangen naar zeggenschap, trots en dominantie, leven volgens een strenge erecode, een essentialistisch soort verwantschap met 'gelijken'.

Het gaat niet langer om het corrigeren van een ideaal van vrijheid, gelijkheid en broederschap, het gaat om een radicale afwijzing van dat ideaal.

Dat is het strijdperk. Emotionele verharding zorgt ervoor dat cultuur als statisch, identiteit als enkelvoudig, trots als louter strijd worden gezien.

Alles wat fluïde is, poreus, open en onbepaald, wordt als een teken van dreigend zelfverlies gezien.

Het is Verlichting tegen Contraverlichting, universalisme tegen essentialisme, de mensheid tegenover de groep en het volk, diversiteit tegenover het verlangen naar zuiverheid.

Het is een strijd die nog maar nauwelijks is begonnen.

24

Tijdens een openbare discussie die ik eind 2019 had met de Franse socioloog Ivan Jablonka, vertelde hij dat zijn boek *Des Hommes Justes* onder vuur was genomen door zowel rechtse als linkse vrouwelijke critici. Zijn boek is een doorwrochte geschiedenis van het patriarchaat en een vurig pleidooi voor een nieuw soort mannelijkheid, dat vrouwen werkelijk als gelijken ziet. Voordat vrouwen werkelijk gelijk aan mannen kunnen zijn, moeten, zo luidt zijn betoog, ook mannen wezenlijk anders naar zichzelf durven kijken.

De rechtse kritiek zag zijn feministische aanklacht, voorspelbaar, als een ondermijning van traditionele waarden, die diep in onze natuur geworteld zouden zijn. De kritiek van linkerzijde, al even voorspelbaar, beschouwde hem als een indringer op een terrein waarover hij, een witte, heteroseksuele man van middelbare leeftijd, niets te zeggen zou hebben.

Jablonka geeft ronduit toe dat hij niet volmaakt is. In zijn boek schrijft hij: 'Liever dan me voor te doen als de ideale man, geef ik er de voorkeur aan te vechten tegen mijn tegenstrijdigheden.'

Het idee dat je je niet zou kunnen inzetten voor de strijd van mensen die niet op jou lijken, die tot een andere groep of categorie behoren, omdat dat als een vorm van 'toe-eigening' wordt beschouwd, noemt hij een '*terrifiante régression*' – een vreselijke terugval.

25

Mensen die niet op jou lijken. In zijn Bergrede zegt Jezus: 'Is het een verdienste als je liefhebt wie jou liefheeft? Doen de tollenaars niet net zo? En als jullie alleen je broeders en zusters vriendelijk bejegenen, wat voor uitzonderlijks doe je dan?'

26

Er is niets comfortabels aan deze woorden. Ze klinken als een smalende aanklacht tegen de mens die het zichzelf in alle opzichten gemakkelijk wil maken, die niet wil vechten tegen zijn eigen tegenstrijdigheden, die enkel op zoek gaat naar bevestiging van wat hij toch al vindt, die denkt dat gemeenschap louter van natuurlijke verwantschap afhankelijk is, die zich koestert in zijn identitaire gemeenzaamheid met gelijkgestemden, mensen die in dezelfde bubbel zitten, mensen die tot dezelfde sociale laag behoren, mensen die dezelfde mening hebben, mensen die gezamenlijk houvast vinden in het verketteren van anderen, vanwege verkeerde opvattingen, verkeerde woorden, verkeerd gedrag.

De bijtende aansporing van Jezus is van alle tijden, maar ze lijkt bij uitstek op onze tijd gericht, tegen ons, nu. Alles in onze samenleving is erop gericht het ons gemakkelijk te maken, overal wordt ons beloofd dat we onze eigen wereld mogen maken, dat onze blik op de wereld maatgevend is.

Overal lonkt die 'verdovende veiligheid'. En hier maant een stem uit een ver verleden ons om precies het tegenovergestelde te doen – niet uit godsvrucht, niet uit recalcitrantie, niet om onszelf een goed gevoel over onszelf te geven, niet om beloond te worden in een of ander vaag hiernamaals.

Het is een stem die zegt dat als wij het *onszelf* niet moeilijk maken, het ons flink moeilijk gemaakt zal worden. Wanneer wij ons niet inspannen ons daadwerkelijk in andere ervaringen dan die van onszelf te verplaatsen, ons daadwerkelijk in gedachtewerelden proberen in te leven die niet de onze zijn, als we niet bereid zijn tegen ons eigenbelang in te denken, onszelf te verliezen, zullen wij uiteindelijk zelf *minder mens* zijn. Onze eigen levens zullen dan even comfortabel als nietszeggend zijn.

Die boodschap is in geen enkele tijd geriefelijk of geruststellend. In onze tijd is zij even radicaal als noodzakelijk.

VERANTWOORDING

In *Mens/Onmens* heb ik een aantal artikelen die eerder gepubliceerd werden in NRC *Handelsblad* in de periode 2018-2019 als grondstof gebruikt voor een doorlopend betoog. Ook de Jan Terlouw-lezing, uitgesproken in december 2018 (gepubliceerd bij uitgeverij De Kring) en de zogenaamde Bergrede die ik in april 2018 in de Bergkerk te Amersfoort uitsprak, zijn hier uitgediept.

Behalve aan de gesprekspartners die in de tekst worden genoemd, ben ik dank verschuldigd aan Marijn Kruk, Hassan Bahara, John Gray, Ian Buruma en Ivan Jablonka voor het aanscherpen van mijn gedachten.

Mens/Onmens is opgedragen aan Peter Verduyn Lunel.

Parijs, januari 2020

GERAADPLEEGDE LITERATUUR

Bakewell, Sarah, *De existentialisten, filosoferen over vrijheid, zijn en cocktails*, vertaling Karl van Klaveren, Ten Have, 2016.

Baudet, Thierry, 'There's a proper reawakening across Europe going on', *Die Weltwoche*, 28 maart 2019.

Blok, Stef, 'Ik heb mijn woorden niet goed gekozen, dat betreur ik echt', nos.nl/nieuwsuur, 18 juli 2018.

Bodar, Antoine, 'Op de Notre-Dame hoort geen zwembad, een broeikas of een dak van goud', *Trouw*, 10 juni 2019.

Burke, Edmund, *Bespiegelingen over de revolutie in Frankrijk*, vertaling Jabik Veenbaas, Wereldbibliotheek, 2019.

Dongen, Menno van, 'NPO-directeur: "Drama is dé manier om eigentijdse verhalen te vertellen"', *de Volkskrant*, 28 augustus 2018.

Duffy, Bobby, *The Perils of Perception. Why We're Wrong About Nearly Everything*, Atlantic Books, 2018.

Eagleton, Terry, *Materialism*, Yale University Press, 2017.

Eatwell, Roger en Goodwin, Matthew, *National Populism. The Revolt Against Liberal Democracy*, Pelican Books, 2018.

Fawcett, Edmund, *Liberalisme. Het verhaal van een idee*, vertaling Ineke van den Elskamp en Annemie de Vries, De Bezige Bij, 2015.

Heijne, Bas, 'Ieder van ons is een vat vol tegenstrijdigheden', interview met Nathalie Heinich, NRC *Handelsblad*, 9 november 2018.

Heijne, Bas, 'In de politiek hebben ideeën plaatsgemaakt voor gevoelens', interview met Peter Pomerantsev, NRC *Handelsblad*, 27 september 2019.

Heijne, Bas, 'Ook ik ben een ongelukkige liberaal', interview met David Wootton, NRC *Handelsblad*, 14 juni 2019.

Heijne, Bas, 'We kunnen niet meer terug naar vroeger', interview met Pankaj Mishra, NRC *Handelsblad*, 28 februari 2017.

Heijne, Bas, *Wereldverbeteraars. Gandhi, King, Mandela – hun erfenis*, Prometheus, 2017.

Jablonka, Ivan, *Des Hommes Justes*, Seuil, 2019.

Kaag, Sigrid, 'Wees niet stil, wij zijn met velen', Abel Herzberglezing 2018, https://d66.nl/sigrid-kaag-abel-herzberg-lezing/.

Kakutani, Michiko, *Het einde van de waarheid*, vertaald door Corrie van den Berg, Spectrum, 2018.

Kellendonk, Frans, *Verzameld Werk, deel* 2, Querido, 2015.

Pomerantsev, Peter, *Nothing Is True And Everything Is Possible. The Surreal Heart of The New Russia*, Public Affairs, 2015.

Sapolsky, Robert, *Behave. The Biology of Humans at Our Best and Worst*, Vintage, 2017.

Schimmelpenninck, Sander, en Ruben van Zwieten, *Elite gezocht*, Prometheus, 2019.

Schinkel, Willem, 'Hoe het liberalisme zorgt voor een nieuwe opkomst van het fascisme', https://brainwashfestival.nl/hoe-het-liberalisme-zorgt-voor-een-hernieuwde-opkomst-van-het-fascisme/.

Sontag, Susan, *Over fotografie*, vertaling Henny Scheepmaker-Lodewijks, De Arbeiderspers, 2019.

Wootton, David, *Power, Pleasure and Profit*, The Belknap Press, 2018.

Zuboff, Shoshana, *The Age of Surveillance Capitalism*, Profile Books, 2019.